転生
ロミオとジュリエット

すかいふぁーむ

角川春樹事務所

目次

物語は、作者によって作られる。だが多くの読者に読み継がれていくことで、いつしか、名作と呼ばれる物語には、作者の思い以上の願望が籠《こ》められるのではないだろうか。そしてその思いが、新たなる結末を求め、似たような境遇の若者を取り込んだとしたら――

第一章　転生

「ここは……？」

久坂樹里《きゆうさかじゆり》が目覚《めざ》めてまず感じたのは匂いである。空気の匂いが知っているものとは違った。部屋の中には薄く薔薇《ばら》の香りがたちこめている。

大きなベッドに体を横たえているのがわかる。随分《ずいぶん》と広くて、樹里が四人は横になれそうである。

シーツもずいぶんいい布を使っているようだった。

夢ならもう一回寝よう。

あらためて横になる。

「お嬢様ー。お嬢様ー」

どこかから声がする。こちらに近寄ってくる様子からすると「お嬢様」というのは樹里だということだ。

いったいどういう理由で自分が「お嬢様」なのかわからない。

声の主はやや高めの声をしていた。といっても不快ではない。気持ちのいい高さである。アニメだとヒロインの親友といった感じの声である。

屋敷にこだまする声に樹里が我に返る。

目覚めてすぐに考えた夢の中という仮説は、五感すべてがかき消していた。

「痛い……それに……」

頬《ほお》をつねれば痛いし、壁に手を触れればひんやりとした感触まで伝わってくる。

呼びかけが自分に向けられていることだけは何とはなしに感じ取った樹里は、ひとまずその声にこたえ、情報を集めることにした。

「誰《だれ》なの？　呼んでいるのは誰！」

部屋を出て声の主を探す。

声が聞こえた部屋を探し当てた樹里を迎え入れたのは二人の女性だった。

やや年上の方は母親だろう。振り返りたくなるほどの美人である。身長もわりと高くて姿勢もいい。

片方はもう少し若い。ばあやというよりねえやではないかと思われた。母親は綺麗《きれい》な黒髪だが、ばあやのほうはやや栗《くり》色である。

使用人と雇用主《こようぬし》、あるいは雇用主の妻だろう。

樹里の予想通り、この邸宅の主が樹里を待ち構えていた。

「ああ、お嬢様。お母さまがお呼びですよ」

お嬢様、と呼ばれたことに安堵《あんど》する樹里。

自分も使用人である可能性もある中で先ほどの回答ではまずかったのではないかと考えていたが、服装や部屋の間取りを踏《ふ》まえての予想は的《まと》を射ていたようだった。

「お母さま……」

「話があります。ばあやは少し席を外して……いえ、やっぱりいてちょうだい。あなたにも内々に話をしておいた方がよさそうだから」

樹里の顔色を窺《うかが》ってか、夫人は乳母をその場に残す。

いきなり見知らぬ母と二人きりにならず、樹里は内心安堵していた。

だがその安堵はすぐに後悔に変わる。

「知っての通り、娘はもう年頃《としごろ》なのだけど」

「ええ、ええ、もちろん。お嬢様の年のことなら何年何時間というところまで覚えております」

「まだ十四歳にならないけれど」

「そうですとも！　私のこの十四本の歯にかけて誓《ちか》いましょう。とはいえもう残りは四本、十本はかけてしまって……とにかく、十四まではまだ少しありますね。収穫祭《しゅうかくさい》まではあとどのくらいございますか？」

「二週間とちょっとね」

「二週間とちょっと！　ちょっとだろうがなんだろうが一年三百六十五日のうちの収穫祭の晩が来ればお嬢様は十四歳！　スーザンとお嬢様……ああ神様、二人は同い年でした。スーザンはいまは神のみもとに。私には過ぎた娘でした。とにかく今言った通り収穫祭の晩に十四におなりです。ええそうです。よーく覚えております。あの大地震からもう十一年。忘れもしません。一年三百六十五日のうちあの日に乳離れなさった。私は乳首にニガヨモギの汁を塗《ぬ》って鳩小屋《はとごや》の壁際におりました。旦那様と奥様はマントヴァへお出かけでしたが……ええ、ちゃんと覚えております。今言ったとおりお嬢様は乳首のニガヨモギをお舐《な》めになって、ああ、苦かったのでしょう。可愛《かわい》かった。むずがって、私の乳首を叩いたりして……そのとき、鳩《はと》小屋がガタガタッと！そうガタガタ言われるまでもなくすぐ逃げ出しましたっけ。そう、あれからもう十一年も経《た》ったんです！　あのときはもうちゃんと一人で立つこともお出来になりました。いいえ、それどころかそこいらをヨチヨチ歩いたり駆けたり……。そういえば地震の前の日におでこにけがをなさって……。その時に、今は亡くなった私の亭主が……ああ神様お恵みを……ほんとに陽気な人で……お嬢様を抱き上げて申しました。おっと、うつぶせに転びなすったな？　もっと賢《かしこ》くなったら今度は仰向《あおむ》けに転ぶんですよ。いいですか？　ジュールちゃん、と。するとこの可愛いお嬢様はすぐ泣きやんで『うん』って。あの頃の冗談《じょうだん》がいよいよ本当になるんですねえ。千年生きてたって忘れませんよ。あの人が『いいですか？　ジュールちゃん』というとピタッと泣きやんで『うん』ですって」

止まらない乳母の一人語りに夫人が頭を抱えながらこう告《つ》げる。

「もう十分よ。いい加減黙ってちょうだい」

「はい奥様。いえ、でも思い出したら面白《おもしろ》くて、おかしくて。泣き止んで、うん、ですもの。でもそうそう。おでこにヒヨコのキンタマくらいのコブができて、危ないところでした。さぞ痛かったんでしょう。ずいぶんお泣きになって……すると亭主が、『おっと、うつぶせに転びなすったな？　もっと賢くなったら今度は仰向けに転ぶんですよ。いいですか？　ジュールちゃん』と。するとこの可愛いお嬢様はすぐ泣きやんで『うん』」

「ばあや、その話をすぐにやめて。お願い」

自分の生《お》い立ちがわかったのは良いが、このままだとそれ以外の情報が一切はいってこないと考えた樹里も乳母を止める。

「はい。やめます。この通りです。でもよかったじゃないですか！　お幸せに！　お嬢様は私がお乳を差し上げた一番きれいな赤ちゃんでした。そのお嬢様の婚礼の晴れ姿が一目でも見られるというのですから、生きているうちにこんな幸運。ああ、長生きするものですね！」

「そう、その婚礼のことです。今話そうとしていたのは。ジュリエット、あなた婚礼のことはどう考えているの？」

「えっ……そんなこと考えたことも……憧《あこが》れくらいで……」

前世で十七歳だった樹里にとって結婚は法律的に出来るというだけで現実感を伴わないものだ。

まして今の自分は十四、まるで先の話と考えるのが自然だろう。

いや、その前に、今、夫人は樹里のことを何と呼んだ？

考えている内に、話は進んでいく。

「憧れ！　私一人がお乳をあげていたならこの知恵も私から吸い取ったと言えるのに」

「考えたことがなかったなら、今考えてもらうわ」

どうやら夫人は乳母を無視することにしたらしく、樹里もその考えには賛同する。

だがこの先の夫人の言葉は樹里にはなかなか理解しがたいものだった。

「ここヴェローナで、あなたより若い人でももうちゃんとした母親になっているお嬢様がいらっしゃるわ。私も今のあなたの年頃には、もうあなたを産んでいました。単刀直入に言いましょう。あのパリス殿があなたをぜひ妻にと言ってくれています」

常識の違いにくらくらしながら、なんとか樹里は話についていこうとする。

とはいえ先に口を挟んだのは乳母のほうだったが。

「まあ！　あんなに立派《りっぱ》な人が！　お嬢様！　ねえ奥様！　あんな男の中の男、まるで非の打ちどころのない方じゃないですか！」

あのパリス殿と言われたって、立派な人と言われたって、樹里にはわからない。

なにせ自分のことすら今やっと説明されて追いついたところなのだ。

ヴェローナという情報も、いまようやくだ。

そしてその単語でうすうすながら、樹里の中に一つの仮説が生まれる。今は考えるより先に話についていかなくてはならないので一度頭の隅《すみ》に避《よ》けるが。

「そう。ヴェローナの夏でもあれほどの花は咲かないでしょう」

「ええ、ええ！　おっしゃる通りで！　本当に花そのものです！」

「どうですか？　あの方を愛せますか？」

「え……」

会ったこともない相手との結婚。それも年齢は十四にも満たない中で、という。

こんな相手に結婚を申し出る男なんてろくなものではないというのが樹里の考えだが、ここではこれが普通なのだろう。二人しかいないが、それでも二人が二人ともこんな反応なのだから。

なら、と樹里は考える。

もしもこのままこの世界で生き続ける必要があるのであれば、そういったことも受け入れる必要があるのかもしれない。

ただそんなあっさりと受け入れられるものでもない。

当然だ。この世界に来たばかりで混乱する樹里にいきなり結婚の話は重すぎた。

しかも——目覚める前。あの時樹里はある手紙に呆然としていたのだ。ずっと好きだった人が、本当は樹里を好きだった。でも、もう——。そのことに愕然《がくぜん》としていた所に車が近付いてきて——。

そして今。逆にこの現実感のなさが樹里に再び夢を見ているかのように感じさせて、感覚を麻痺《まひ》させる。

それが自分があり得ないことに巻き込まれているという混乱から身を守ることにもつながっていた。

「今夜の舞踏会《ぶとうかい》に来られるので、よく見ておきなさい。パリス殿はまさに非の打ちどころのないお方。若くして伯爵《はくしゃく》になられ、内面も外面もすべての調和がとれています。ですがその完璧《かんぺき》な美しさに唯一《ゆいいつ》欠けるのが妻です。あなたがあの方を完成させる。何もかもを持ったあの方を夫に持てば、あなたもその何もかもを手に入れることができる。あなたは何も身を狭めることなく」

「狭めるなんてとんでもない！　男の手にかかれば女は広げられるものです」

「手短に、一言でよいわ。パリス殿を好きになれそうかしら？」

ただ美しい花とか、完璧な男性と紹介されても樹里には響かない。

何も相手を知らないのだから。

だがそれ以上に、樹里の心のひっかかりが返事を鈍《にぶ》らせる。

もしも、本当にもしもの仮定を考えてしまうのだ。

初恋の相手が、もしこの世界に来ているなら、と。

荒唐無稽《こうとうむけい》。そう思う一方で、ある種の確信に似た何かが樹里の中にあった。

——ジュリエット

先ほどの会話の中に出てきた名前は、日本人なら一度は聞いたことがある名前だ。偉人、ウィリアム・シェイクスピアが残した物語、『ロミオとジュリエット』。確信はなくとも、樹里の頭をよぎったこの言葉は消え去らない。

樹里は同世代に比べれば多少本を読み、原作も読んでいるので知識があると言える。そのおかげで、ここまでの情報だけでもこの世界におけるロミオとジュリエットとの共通点をいくつも見出《みいだ》していた。

ヴェローナという地名。周囲のものを見渡しても、時代背景もおおよそ一致しているはずだ。

だとすれば……。

「お目にかかってみて、好きになれるならそうしましょう。ですがお母さまが思うほど深く相手を見つめられるかはわかりません」

とにかく情報を集めるためにもこの舞踏会に出ないという手はない。

回答に満足したかはわからないが、召使いが現れたことでいったん会話はそこまでとなった。

「奥様。お客様がお見えになり、食事の準備も整いました。奥様もお嬢様も待ち望まれておりあちこちてんやわんやでございます。私もすぐに接待役《せったい》に回りますので、どうぞお急ぎください」

「すぐに行きますよ。ジュリエット、行きましょう。伯爵様がお待ちです」

「さあお嬢様、あちらですよ。幸せなこの時間に続いて、幸せな夜もお忘れなく」

幸せな夜——幸せな夜って⁉

乳母の言葉は改めてよく聞くと樹里には刺激が強く、頰を赤くしながら夫人に着いていくことになったのだった。

◇

「おかしなことに巻き込まれたもんだ」

樹里よりも少し前に事故で命を落とした幼馴染《おさななじみ》、門真《もんま》富雄《とみお》もまた、この地に姿を見せていた。

「面倒な口上はなしだ。さっと入って踊《おど》って、さっと引き上げるぞ」

「俺《おれ》、踊りなんてわからないんだけどな」

「ダメだロミオ、お前に踊らせるために来たようなもんなんだぜ？」

富雄は参っていた。

ここに来てからというもの、あれよあれよとこの悪友二人に連れ出されてこんなことになったのだ。

悪友その一、ベンヴォーリオにはすでによく言って聞かせていたはずなんだが……。

「何回も言ったけど、俺は傷心中だとしたら、余計こんなところ来たくないんだ」

「だからこそだろう？　恋を忘れるには新しい恋をするに限る」

何やら勘違いされたままに、悪友たちは盛り上がる。

ベンヴォーリオだけなら説得できた可能性もあるが、問題はこの悪友その二、マキューシオだった。

案外地味な、茶色の簡素な服を身にまとっている。安物ではない感じだが、派手《はで》な色でもない。

そのかわり顔は派手である。彫《ほ》りの深い彫刻《ちょうこく》のような雰囲気《ふんいき》だ。

しかし表情は軽薄そのものである。

服に関しては富雄も地味な青い服ではある。

この時代は「聖職者」の服が一番かっこいいということで貴族は地味な色を着る。派手なのは商人の一部であって貴族ではないようだ。

「説明しようがないけど、俺の叶《かな》わぬ恋はちょっとやそっとで解決する問題じゃないんだ」

「いいじゃないか。恋の話だろ？　キューピッドも手伝ってくれるさ。あの翼《つばさ》を借りて飛び立てばいい」

「そんな無茶できるわけないだろ。天使の羽じゃちょっとこの話は荷が重過ぎる」

まさか自分が元々ここより便利な世界に生まれ、突然事故で死んで、しかも本気で告白しようとしていたところだったなんて言ったところで伝わるはずもない。

そもそも車に轢《ひ》かれて、目が覚めたら見知らぬ街で〝ロミオ〟と呼ばれ、動揺しているところを気付けば傷心中と誤解されてこんな所に連れてこられているという状況を、どう理解すればいいのだろう。

富雄が一人で葛藤《かっとう》している間にも悪友二人はどんどん準備を進め、こうして仮面舞踏会に忍び込もうなんて言い出したのだ。

「さあ、行くぞ。入ったらすぐ踊りだせよ？」

比較的話が通じると思っていたベンヴォーリオももうこうなれば止まらない。

こちらは少し派手な黄色い布地をまとっていた。本人は思慮《しりょ》深いつもりでいるようだが母親の腹の中に思慮は置いてきたらしい。

女のことしか考えていないような気配がする。

しかし顔はいい。まるでモデルのようだった。

「別に舞踏会に行くのはこの際仕方ないとしても、あまり賢明じゃないいんじゃないか？」

「なんでだ？」

「昨日夢を見たんだ」

富雄はあの事故の記憶を夢としてなら話せるのではと考えた。

不吉な想《おも》いを持てばこの気の乗らない提案がなくなるんじゃないかという期待を持って。

だが、もうマキューシオに止まるという選択肢《せんたくし》はないらしかった。

「夢？　なら俺も見たな」

「どんな夢だよ」

「夢を見るやつは嘘《うそ》をつくって夢だ」

「嘘か……いやだが、正夢もあるだろ？」

「そうか、じゃあ俺のがそうだ。俺は妖精《ようせい》の女王と寝たんだ。あいつは妖精が夢を産むのに手を貸す。小さな小さな姿で、小人の一団に引かせた馬車にのって、寝ている人間の鼻先をかすめて通る。蜘蛛《くも》の脚やらバッタの羽根、あげくコオロギの骨まで使って馬車をつくる。恋人たちには恋の夢を見せるし、宮廷人《きゅうていじん》にはお辞儀の夢を見せる。牧師には徳を積ませるし、軍人には首を切らせる。仰向けに寝ている娘に重みを与えて、男に慣れさせるのも――」

「もういいもういいマキューシオ。夢の話だっただろ？」

「そうさ。夢は暇人《ひまじん》が生み出すだけってことだな」

「その暇人のお前のせいで時間が過ぎたぞマキューシオ。遅れるだろ」

ベンヴォーリオが早く行きたがる。確かにマキューシオの無駄話で時間を食いすぎた。

ただやはり富雄からすれば気が進まない。

「やっぱり何か不吉な予感を感じずにはいられない……だけどまぁ、もうここまできて引き下がるわけにもいかないか」

「そういうわけだ。ほら、行くぞ」

ベンヴォーリオに連れられ富雄も舞踏会へと足を踏み入れた。

ほとんど入ると同時に、富雄は一人の女性に目を奪われることになる。

姿かたちが変わっていても、通じ合う何かが二人を引き寄せたのだった。

◇

さて、どうしたものか。

樹里は少々とまどいながら目の前のサラダを見た。大きなボウルに野菜が山のように入っている。

「今日はお前がまぜなさい」

父親が満足そうな表情を見せた。

どうやら自慢の娘に花を持たせたいらしい。

サラダを作るのはその場で一番美しい娘、と相場が決まっているらしい。だからサラダ作りはステータスというわけだ。

主催者の娘が栄誉に預かるのはよくあることらしいが、それにしても荷が重い。

そもそもこんな習慣は足の引っ張り合いと追従を生むだけだ。といっても付き合わないわけにもいかないが。

どうしてこうなったのだろう。

樹里は心の中で大きくため息をついた。


時間は少し前にもどる。

「慣例にのっとりこのサラダを混ぜるのはパーティーにお集まりいただいた方の中で、一番美しい娘さんに、ということになりますが……」

樹里が連れ出されたパーティーの会場にはすでに多くの客がやってきていて、家長──ジュリエットの父であるキャピュレットも挨拶《あいさつ》を始めていた。父母や乳母、従兄《いと》弟《こ》の名前などは〝ジュリエット〟の記憶《きおく》と、残されていた日記で把握《はあく》している。

挨拶をこれからどうしたらいいのかに気を取られぼーっと聞いていた樹里だったが……。

「あいにくと今日はお顔を隠された方が多い。手前味噌《みそ》な話で恐縮ではございますが、どうでしょうか。うちの娘にやらせても？」

当時のしきたりのひとつだった。集まった人間のうち一番美しい娘がサラダを混ぜて振る舞うというのが。

たとえるなら結婚式での乾杯の挨拶のような、一応頼むべき条件はあるが、結局ホストの一存でコントロールできるような、そんな存在。

仮面舞踏会という建前《たてまえ》も相まって、またもっとも角が立たない方法として、キャピュレットはこの役目を娘に任せることにしたわけだ。

だが当の娘はというと……。

「お嬢様！　お嬢様！　ご指名ですよほら！　ああ私も若いころはよく指名されてい て……おやそのお顔何かお疑いで？　本当なんですよ？」

乳母が迫ってくるが樹里はそれどころではない。

「さっき指名って言ってたけど、どういうことなの⁉」

「それはお嬢様……ああもう呼ばれていますよ。ほらほらお客さんをお待たせしてしまってはいけませんからね」

背中を押されて父、キャピュレットの隣《となり》に送り出された樹里。

集まった客らの視線を一身に浴びて身体《からだ》がすくむ。

もともと大人しい性格だった樹里はこんな注目を浴びる機会などなかった。朝礼のたびに壇上《だんじょう》に呼ばれていた幼馴染ならいざ知らず、固まってしまうのも無理はない状況だ。

「ほれ、皆さんがお待ちだ。今日はお前がまぜなさい」

父、と言っても初対面。それだけでも緊張するし、何をしたらいいかもわからない状況で戸惑《とまど》い立ち尽《つ》くす樹里。これが、冒頭の今だ。

いや、なんとなしにはわかっているのだ。さっき言っていたサラダを混ぜる、という作業を任されていることは。

ただ樹里の中にある常識に照らし合わせれば、きっとこの大皿のサラダを取り分けるような作業、と思っていたのだが……。

「えっと……お箸《はし》……はないにしても、その……フォークとかって？」

この世界に箸がないことは察しがついた樹里だが、さすがにその先は想像ができていなかった。

十四世紀のヴェローナではまだフォークが食事に使われていなかった。食器と言えるものはナイフ程度。あとは基本的に、手づかみなのだ。

「何を言っとるんだ？」

きょとんとされ、逆に戸惑われてしまう樹里。

「え？」

「手で混ぜるだけだ。ほれ、早くしないか」

「そんな……」

注目の的、わけのわからない異文化との触れ合い。

戸惑っていてもどんどん視線は集まっていき……。

「わ、わかりました……」

「そうだ、それでよい。では皆様お待たせを――」

父でありこのパーティーのホストであるキャピュレットが何かしゃべり始めた様子だったが、プレッシャーで疲れて放心状態の樹里は耳に入っていなかった。

◇

しばらく言われるがままにパーティーに一応は参加していた樹里だったが、ほとんどは挨拶回りだった。ダンスと言われても経験もなく、困っていたことを考えると幸いしたかもしれない。だが気疲れはした樹里が、ようやく落ち着けたときだった。

「え……？」

心音が高鳴ったのを樹里は自分で感じ取る。

仮面舞踏会は相手の素性《すじょう》がわからない。いやそもそも、この世界では誰が相手でもそうだ。

そんな中で、ただ一人、明確に樹里の心を吸い寄せる人物がいた。

紛れ込んだ一人の青年。

「まさか……」

どちらからともなく近づいていく。

近づくたび、トクントクンと心臓の音が速くなる。

「わかるよ」

一言だけで、その思いは確信に変わった。

「富雄……？」

「ああ、いまはロミオらしいけどね」

「えっ、ロミオ――わっ……」

言い終わるやいなや、富雄が樹里の手を引いて踊り始めた。

「踊ってないと不自然だし、長く話できないだろ？」

「どこでこんなの覚えたの」

「今見ただけだから何となくだよ」

「相変わらずというか……」

これが全国大会常連の運動部員のセンスか、と思いながら樹里も身を任せる。

ダンスなんて知らなかった樹里の動きまで完璧にカバーする富雄の身体捌《からださば》きのせいか、会場の注目が集まるのを感じていた。

「やっぱり、君が主役だったみたいだね」

「え？」

「この家の娘になってるんだろう？」

「ああ、そう、そうなの」

こんな距離で、ほとんど耳元で言われた樹里は顔を赤くした。

「主役を独り占《ひとりじ》めなんて、ちょっと気持ちいいね」

「富雄のおかげで目立ってるような気がするけど」

「いや、樹里が綺麗《きれい》だからだ」

「そう言ってもらえるなら、この身体になったかいもあるかもしれないわね」

「そうじゃなくても綺麗だったけどね」

「えっ」

思わず樹里の足がもつれたのを、すかさず富雄がフォローする。

だが樹里の頬は赤くなったまま戻らない。

「こんな形になったけど、俺はずっと樹里のことが好きだった。まさかまた出会えるなんて、奇跡みたいだ」

「――っ！」

「樹里は？」

「……わかってるくせに」

「どういうこと？」

「それは……」

卑怯《ひきょう》だ。

もともと、二人は幼馴染だった。

ただ富雄の両親が離婚して以来、急速に両家の関係は冷え切った。

もともと母同士が仲が良かっただけだ。離婚を機に接点もなくなり、厳格な樹里の父は離婚という事実だけで富雄の門真家を遠ざけていた。

それを知っていたから、富雄も無理に近づいてこなかったのだ。

そんなことを思い出しながら、樹里は今はそれどころじゃないと気付く。

「富雄、もし本当にあなたがロミオだとしたら、私たちはまた結ばれないかもしれない」

「え？　また？　そもそも、んん？」

戸惑っている富雄に、どう伝えたものか考えていると、鋭い視線を感じて思わず振り向いた。そこには富雄と踊っている姿を憎悪《ぞうお》の眼《め》で見つめる美しい顔立ちの男——確か叔父《おじ》のティボルト——が立っていた。その横で、碧眼《へきがん》のこれまた美形が何か耳打ちしている。

「お嬢様、お母さまがお話があると」

乳母が声をかけてきて、樹里の思考は中断される。

「すぐに？」

「ええ。すぐに」

「じゃあ……」

別れを惜《お》しむ間もなく、乳母が樹里を押して母のほうへと追いやってしまう。

残された富雄は乳母に問いかける。

「お母さまはどちらに？」

「あら、このお屋敷の奥様です。このキャピュレット家の。私は今お話ししていたお嬢様——ジュリエット様の乳母ですよ」

「ジュリエット……？」

どこかで聞いたことのあるような名に首を傾《かし》げていると、悪友その一が話し掛けてきた。

「おい、そろそろ帰るぞ。もうお楽しみの時間は終わりだろう」

「……ああ、そうみたいだな」

声をかけてきたベンヴォーリオが放心しているような富雄を見て考え込むが、それも一瞬。

すぐに退散する方が大切であることは、ベンヴォーリオのほうがよくわかっている。

マキューシオとともに三人で、夜のヴェローナへと消えていったのだった。

◇

「ばあや。さっきの人は？」

「帰られましたよ」

ばあやはそっけなく言った。声の様子するからすると富雄。つまりロミオに好意は持っていないようだった。

「帰った？　なら……どこのどなたかを……」

「名前はロミオ。モンタギュー家の——憎き仇敵《きゅうてき》の一人息子ですよ」

ばあやがやや憎々し気に言う。好意をもっでいないどころかどう見ても憎んでいる。

「やっぱり……」

驚き。そして絶望。

逃れられぬ運命の呪《のろ》いを感じ取った樹里は立ち尽くす。

だが考え込む間もなく、ジュリエット！　と呼ぶ声に急《せ》かされてしまう。

「はい！　ただいま！　さあお嬢様、もう行きましょう。お客様も帰られましたから」

「ええ……」

人生の最期《さいご》を迎えたかと思えば、また今……。

運命を、何かを呪いたくなるようなふさぎ込んだ気持ちに苛《さいな》まれながら、なんとか乳母に連れられて樹里も屋敷へと帰っていったのだった。

◇

「あいつ急に消えやがった」

「庭の塀《へい》を越えてな……呼んでみるか？　マキューシオ」

舞踏会を抜け出した三人組だったが、ベンヴォーリオとマキューシオの二人とロミオはすぐに別行動になっていた。

富雄がこの世界に不慣れだったからはぐれたというわけではない。

考えを整理する必要があったからだ。

だがベンヴォーリオとマキューシオにとってみれば、ロミオの悩みは非常に軽薄《けいはく》でどうしようもなく映ってしまう。

恋の悩みを解決するために連れ出したら、本当に新たな恋に溺《おぼ》れたのだから。

「ロミオ！　お前はこないだまで別の女に惚《ほ》れて何にも手が付かないなんて言ってたのにどういうことだ！　出て来い！　それか何か返事をしろ！　浮気者め！」

「聞こえてたら怒られるぞ」

「事実しか言ってないんだから怒るも何もないだろ。それに、これくらい言えば出てくるのが男ってもんだ」

「って言っても出てこないじゃないか。恋は盲目《もうもく》、暗闇《くらやみ》がお似合いってわけだ。出てくる気のないやつをこんな場所で探すほど時間の無駄はない」

「仕方ねえな……。おいロミオ！　俺はベッドでぐっすり眠るけど、お前は恋人としっぽり出来ることを願っておいてやるよ」

「行くぞ」

「ああ」

二人が消えてしばらく……。

「好き勝手言ってくれるもんだな……」

富雄にすればロミオの恋など知りもしない話だ。

とはいえ真相を伝えようもない状況に頭を悩ませるのだった。

◇

「まさかこんなことに……」

舞踏会が終わり、樹里は部屋のバルコニーで考え込む。

「私は死んだ」

死の間際《まぎわ》に、想いを伝えられた状態で、だ。

家同士の都合で近づいて、家同士の都合で引き離されたのが、樹里と富雄だ。

二人の両親があのまま良好な関係を維持《いじ》していたならば、疎遠《そえん》になることはなかったかもしれない。

「まぁ、私のほうが気が引けて、離れちゃったかもしれないけど」

あくまでも可能性の話でしかない。

それでも、こんな悲劇に巻き込まれるくらいなら、前世を覆《くつがえ》したほうがまだマシではないかと考え込んでいた。

「よりにもよって、どうして……」

嘆《なげ》かずにはいられない。

自分がジュリエットと知ったときからある程度の覚悟《かくご》はしていたとはいえ、本当によりにもよってだった。

ロミオとジュリエットが悲劇であるのは樹里もよく知っている。

細かいストーリーは覚えていなくとも、最後に何が起こるか程度の知識はある。

「少なくとも、ロミオとジュリエットは死んで物語が終わる」

どこまでが物語と一致しているのかはわからないものの、今想いを伝えあった二人の間に家のしがらみがのしかかるこの状況は物語と全く一緒だった。

「ああ……どうして、どうしてロミオなの。どうせ死んだのなら、家のしがらみなんて引き継がなくてよかったじゃない。いっそこんな名前捨てて……」

ふとつぶやいた言葉を、樹里は反芻《はんすう》する。

「名前を捨てる……？」

前世ではさすがに考えられなかったが、今ならと思う部分があった。

虚空《こくう》に向けて放ったはずのその言葉は、樹里の意図《いと》に反してロミオに届いていた。

「名前を捨てれば救われるなら、そうしてみるのもいいかもしれないな」

「……富雄っ⁉　なんでここに」

まず考えたのは変なことを聞かれていないかという心配。

長年気持ちを押し殺してきた感覚が抜けず焦《あせ》る。

そんな樹里の様子に構わず、富雄はマイペースに話をつづけた。

「よりにもよってロミオとジュリエットじゃ、ちょっとな」

「どうやってここに来たの⁉」

「どうやってって……塀を乗り越えてだけど」

「あの塀を……？　どういう運動神経なの……」

「なんでもこの世界じゃ、恋をしてるとキューピッドが翼を貸してくれるらしいぞ？」

「え？」

「……悪い、この世界の悪友の変な癖《くせ》が移った」

「何それ……そんなことでもしまた死んだりしたら……」

「心配性だな。樹里は」

「富雄が楽観的すぎるの！」

そう言ってから、お互い顔を見合わせて……。

「もう……ふふ」

「ははは」

顔を見合わせて、二人笑いあう。

明かりもろくにない、見知らぬ世界で、二人の顔など実際には見えていないが、それでもお互いの表情は想像できていた。今、二人の見ている姿は、あの日の樹里であり、富雄だ。

「笑った笑った。さて、じゃあ本題だ」

「本題……？」

「ああ。ロミオとジュリエット、なんだろ、俺たち。名前以外ろくに知らなかったから」

富雄がつぶやいた言葉の意図を一瞬で読み取った樹里はすぐこう答える。

「そっか。私もそこまでしっかり覚えてないけど……簡単に言うなら恋に落ちたロミオとジュリエットは家同士が昔からの敵で、出会ってすぐ結婚するんだけど、二人の恋を周囲が許すはずもなく、最終的に二人は駆け落ちに近い形で結ばれようとして、最後は行き違いで二人とも……死ぬ」

「死ぬ……結局こっちでもそうなるのか？　それは嫌だな。どうすればいい？」

悩む富雄と対照的に、樹里は頭にかかっていた靄《もや》が晴れたような気持ちになった。

「そっか……変えちゃえばいいんだ」

「何を？」

「物語を。私たちで」

樹里は再認識する。

「折角、よくわかんないけど生き返ったんだもん。とにかく最後に私たちが死ぬのだけは避《さ》けないといけない」

「もうちょっと詳しく聞かせてくれ。行き違いってどういうことだ？」

「ジュリエットは仮死状態になってロミオを待っていたけど、ロミオはそれを本当に死んだと思い込んで自殺する。起きたジュリエットはそれを見て自殺するって話ね」

こうまとめてしまえば間抜けにすら感じる結末に、富雄がこう言う。

「あれ？　じゃあ簡単じゃないのか？　俺が間違わなければいいんだろうし」

「まあそっか……」

富雄の言う通り、あっさりと解決するはずの問題ではある。

ただ今覚えている情報だけでは、どうやって仮死状態になるのかすら思い出せていなかった。

「んじゃ、気分転換にこれでも食べる？」

唐突に投げ渡されたものをわたわたしながらなんとか受け取る。

見てみると……。

「オレンジ？」

「そこに生《な》ってたから採《と》ったんだ」

「いいの？」

「いいよ。味の保証はないけど……」

そう言われた瞬間には部屋に駆け込んでナイフを用意していた。

「器用だな」

「このくらい普通でしょ、はい」

「おお……」

切り分けたものを半分富雄に投げ返して、我慢《がまん》出来ずにむしゃぶりついた樹里だったが……。

「――――～～～～っ！」

声にならない叫びは下にいた富雄からも漏《も》れ聞こえてきていた。

「酸っぱい⁉」

「これ、大外れじゃんか」

富雄が顔をしかめる。

「外れじゃないけど酸っぱいわよね」

樹里はくすりと笑った。

柑橘系の好きな樹里はこちらに来てからすぐにオレンジを食べた。日本と違ってオレンジは酸っぱい。レモンとほとんどかわらない酸っぱさである。その中にほんのり甘味があるという感じだ。

しかし慣れればこれもなかなか美味しい。

どうしても甘いのがよければハチミツをかけるといい甘さになった。

「なんかごめん……」

落ち込む富雄だが、樹里のほうはこれはこれで満足していた。

「ふふ……慣れればおいしいわよ。少なくとも手で食べないといけないご飯に比べたら」

「あー……」

　気を使われたと思った富雄が申し訳なさそうな声を出す。そんな姿を含めて、樹里の心は十分に満たされる。

「ありがとね」

「どういたしまして」

　思惑が外れた富雄は投げやりに返事をするが、そんな様子を樹里は笑って眺《なが》めていた。

「富雄も困ったことないの？　その……ご飯とか」

「飯？　まあ悪くないんじゃないか？」

「あれ？」

　感覚の違いか、家の違いだろうか。

「最初は戸惑ったけど、慣れるとうまいかなって」

「えっと……お箸――じゃなくてフォークとかある？」

「いや？　ここじゃ手づかみが普通なんだろ」

「よく耐えられるわね……」

「まあおにぎりだってそうだっただろ」

「それはそうだけど……お肉よね？」

「肉だけど……まぁでもフォークくらいはあると便利かぁ」

手づかみで肉を食べたり素手でサラダを混ぜさせられたり、樹里は若干《じやつかん》この世界の食事がトラウマになりかけている。

「あとちょっと生っぽいっていうか……」

「あー、それは俺はありがたいんだけどな。固いの苦手」

「というか、料理がぬるい……」

話し始めるとどんどん愚痴《ぐち》は出てくるものだった。

「それは確かに……手づかみだからか？　でもうまいからいい」

「適当というかなんというか……」

富雄は気にならないようだが、樹里は料理が気になった。とにかく「熱々」というものがない。スープでもなんでも少しぬるいものがくる。

どうもこの国の人はみんな猫舌なのではないかという感じである。

樹里としては「熱々」が食べたいのだが、なかなか言い出せずにいた。

「というか、心配ごとって飯ばっかりなのか？」

「うっ……」

ここまでの経緯を考えると何も言えなくなる樹里だが、これで話が終わるのは沽券《こけん》にかかわる。

食事も確かに樹里にとっては重要な問題だったが、一番困ったことはこれだろう。

「……結婚を申し込まれてる」

「え？」

「ジュリエットの母親が、今の年齢で母になるのは珍《めずら》しくないし、相手から言い寄ってきてるって」

「確かに結婚できるのは聞いてたけど、母かぁ……元の年齢とほとんど変わらないというか、むしろ幼《おさな》く見えるけど……」

「でももう、そういうことを求められる歳《とし》だって」

「……」

沈黙が二人を包む。

樹里にとってはあまりに現実味のない発想だけに、何を言っていいのかわからないのだ。

だがどうやら富雄の考えは違ったようだ。

「なら、俺たちが結婚しちゃえばいいんじゃないか？」

「え？」

「だって、俺たち好き同士なんだろ？」

「それは――」

「〝ロミオ〟と〝ジュリエット〟も結婚したんなら、一旦《いったん》それでいいんじゃん？　で、最後だけ気を付ければいいんだろ？」

「ちょ、ちょっと待って。結婚って……本気で？」

「俺はずっとそのつもりで樹里を見てきた」

「っ……！」

真っすぐにぶつけられて頭を押さえる樹里。

クラクラしながらも、なんとか会話をつづけた。

「そんなあっさりできるの？」

「神父に頼めばそれでいいはずなんだ」

「それは……」

確かにそうかもしれない。だが樹里が聞きたいのは……。

「本当に、私でいいの？」

「樹里以外にはありえない。だからあとは、樹里が選ぶだけだ」

迷う必要はない。私だって。

わたしだって富雄がいい。言いかけてやめる。いくらなんでもこんなところで恋心の確認をするのは恥ずかしい。

そもそも仲良しではあったが付き合っていたわけではない。富雄が昔から付き合っていたかのようなことを言うのは嬉しくはあったが意外でもある。

樹里の片想いだと思っていた。

それが当たり前のように「結婚するか」と言われると戸惑ってしまう。

まあ、たとえどんな世界であっても富雄と結婚するのは悪くない。

顔がにやにやしないように気をつけながら富雄を見た。

「まあ、富雄がいいなら、わたしはいいけど」

「そうか」

「結婚しちゃおうかな」

「そうしよう」

富雄の方にはまったく照れがない。

とはいえ、やはり現実感を伴わない話に頭が付いて行っていないことも事実だった。

「……わかった。まずは、物語を悲劇じゃない形に変えるように動いてみよう。結婚に関しては、その後また冷静に考えたほうがいいと思う」

「冷静に……？」

「富雄だって、いきなりこんなことになって興奮してるだけかもしれないし……とにかく一日頭を冷やして、それでも大丈夫だったら、その時に改めてその結婚を続けるか、やめるか決めよう？」

「じゃあひとまず、結婚だな？　俺は神父に言って段取りをつければいいか？」

「……うん。じゃあ後で、ばあやを使いに出すね」

「スマホがないのが不便だな」

富雄が気楽そうに笑う。

「ほとんど駆け落ちっていう意味では、物語の通りになっちゃうし、心配だけど……」

「大丈夫だよ、俺が勘違いしなければいいんだろ？」

「物語の通りなら、ね？」

樹里の不安を吹き飛ばすように、富雄が明るく笑いかける。

「何とかなるって。それに両家の不仲だって、一人息子と一人娘が結婚となれば変わると思うんだ」

富雄の発言は、ある意味では前世から続く願い。

それを樹里が冷静に肯定《こうてい》した。

「物語も確かに、最後には両家が和解してる」

「なら、これで間違ってないはずだろう？」

富雄の声に、樹里も少しだけ気を楽にし始めた。

「わかった。そうしましょう。外も明るくなってきたし、そろそろ富雄は行かないと」

「そうだけど……やっぱりちょっと名残《なごり》惜しいな」

「あとで結婚までするんだから、今は我慢して」

「我慢、か……仕方ない。っと、呼ばれてるな、樹里」

奥から乳母が「お嬢様」と叫ぶのが聞こえていた。

朝日が昇り始めたばかりというのに気が早いと思いながらも、二人は惜しみながらも別れの言葉を伝えあった。

「じゃあ富雄、気を付けて。後で使いを出すから」

「わかった。こっちも準備しておくから」

「うん」

「それじゃあ……」

「早く行かないと。捕まったら元も子もないでしょ？」

部屋の向こうから聞こえる乳母の声が大きくなっていく。

「お嬢様ー！」

「すぐ行くから！　じゃあ富雄、また」

「ああ」

そう言いながらもなかなか離れきれない二人。

知り合いも誰もいない、異世界に来た二人にとって別れは耐《た》え難《がた》いものだったが、さすがに明るくなり、ジュリエットを呼ぶ声も大きくなったところで、お互いに背を向けて歩き出した。

「おやすみ。でもすぐ会えるから」

「そうだね。一旦お別れだ」

ようやく富雄もその場を離れていったのだった。

◇

やれやれ。

富雄は心の中でため息をついた。

そしてあたりを見回す。

そこは教会であった。いかにもおごそかな雰囲気ではある。が、人はまだ富雄しかいない。

この世界に来てから生活に新たに加わったものは教会である。

日本人の富雄からは考えられないくらいみな教会に行く。神父というのは祈るだけではなく相談役で調停役でもある。

だからみんななんでも神父に相談するし寄付も渡す。

地域の先生という感じである。

かくいう富雄も相談に来ているわけだが。

しばらくすると神父のロレンスが現れた。五十歳の神父で、なかなか鍛えた体をしている。

中世だけあって富雄のいた時代の神父とは体のつくり自体が違うようだ。

神父はロミオを見るとやれやれ、というような顔をした。やんちゃ坊主を見る兄のような表情である。

「ふむ……こんな朝早く誰が来たかと思えば、ロミオかね?」

「はい。おはようございます。神父様」

「若者がこんなはやくにやってくるのは、何か悩みがあるからだろう。悩みで目覚めてしまったか、いっそまだ寝ていないか……そうだろう?」

「その通りです。眠らなかったおかげで、夢のような時間を過ごしてきましたが」

「ほう……ロザラインか?」

「ロザライン……いえ、そっちは実は詳しく知らなくて……」

「なんだと……あれほど熱を上げてここに来ていたというのに……まぁよかろう。ではどこにいたというのだ?」

「ある人のところに」

「今更もったいぶるな」

「……仇敵のキャピュレットの娘のところへ。双方そのつ、も、り、があります。神父様のお力で、神の名のもとに結ばれることを望んでやってきました」

ガタッと、神父――ロレンスが座っていた椅子《いす》を大きく揺らして立ち上がった。

「それは本当か⁉」

「はい」

「これは驚いた……ロザラインはどうしたのだ」

「あれは気の迷いとでも思ってもらえると……」

富雄の中にロザラインの名前や記憶はないが、友人にも神父にさえもこうして責められるあたり、ロミオはよほど熱を上げていたんだろうということはわかる。

だが、富雄とてそう責められても戸惑うしかできないわけだ。

「若者の心は移ろいやすいか……確かに溺れるなとは言ったが、まさか別の女を釣《つ》りげるとはな」

「もう移ろうことはないです。ですからどうか、結婚させてください」

「ふむ……思うところはあるが、とにかくついてくると良い。確かにこの縁談がうまくいけば、両家の確執も解《ほぐ》されてくれるかもしれぬ」

「じゃあ……！」

「そう急くな。急ぐやつはつまずくものだ」

◇

「ロミオのやつ結局昨日は帰らなかったのか？」

マキューシオが呆《あき》れたように訊《き》くと、横でベンヴォーリオは真剣な顔で頷いた。

「そうみたいだな」

「ったく、相手はロザラインか？　それとも昨日踊っただけの女か？」

「だとしたらまずいだろうな。いやまぁ、もうまずいことにはなってるんだが」

モンタギューの甥《おい》であるベンヴォーリオは、今朝方《けさがた》モンタギュー、つまり己の叔父でありロミオの父親宛《あて》に届いた手紙のことを心配していた。

相手はキャピュレットの甥。つまりジュリエットの従兄《いとこ》、ティボルトだ。

当然内容は友好的なものではなかった。

「決闘状か」

「そうだ。ロミオは応えるぞ」

ベンヴォーリオが言う。

それに対してマキューシオは小ばかにしたようにこう返した。

「恋にうつつを抜かしてる男がか？　受けたら死ぬだろうな」

「ティボルトはそんなに強いのかよ」

「剣術の格式作法をきっちり守るし、決められた通りきっちり戦い抜く。ボタンを狙《ねら》っても外さない。剣士の中の剣士。超一流の名家の名剣士だろう。決闘一つにいちいち大層な理由を挙げてくるけどな」

「腕はいいがうっとうしいやつってことか」

「ああ。巻き舌でキザったらしいし、新しいもの好きの薄っぺらいやつ。だが腕が立つ。腹が立つだろう？」

「なるほどな。っと、ロミオがようやく見つかった」

二人の前に現れた〝ロミオ〟は上機嫌《じょうきげん》にこう言う。

「昨日以来だな」

「てめえのこのこ現れやがって！　昨夜はどうもごちそうさま」

「？　何か食べさせたっけ？」

「抜け駆けして俺たちに一杯食わせただろうが」

「悪かったよ。大事な用だったんだ」

「はいはいそうかい。大層腰に悪い用事だったんじゃないか？」

いかにも思春期の男子が言いそうな言葉に、どこの世界もこんなものか、と富雄は溜息《ためいき》を吐く。

「使いすぎて腰が曲がらなくなったか？　見事に的を射抜いたってわけだ」

「俺はこの通りお行儀よく頭を下げられるけど？」

富雄が腰を曲げてまた謝ると、マキューシオは得意そうに鼻を鳴らした。

「俺は礼儀の鑑《かがみ》、華だからな。不自然なことくらい見抜くさ」

「華か、それならこの靴《くつ》の模様になってるな」

富雄は腰を曲げたまま自分の靴をしっかりと見る。

「こいつ！　ならお前の靴が磨《す》り減って底をつくまでやってもらおうじゃないか」

「薄っぺらさにかけてはお前に勝てる気がしない」

「ああもう……おいベンヴォーリオ！　俺はやっぱり口じゃ勝てなそうだ」

「もう終わりか？」

「終わり終わり。このままじゃいいようにやられるだけだ」

そう言って笑うマキューシオ。少し呆れながらも、富雄も笑みを浮かべていた。

「どうだ？　恋の悩みより男の友情ってわけだ。いつもの調子に戻れたか？」

おそらくマキューシオが考える〝いつも〟には富雄ではなれないのだろうが、それでも二人の間にある信頼関係みたいなものは感じられるようになっていた。

そしてそれを止めるベンヴォーリオにも。

「これ以上いつもの調子にされても困るぞ」

「これからじゃねえか。ロミオが穴があったら入れたいなんて嘆きだすのは」

「やめろやめろ。これ以上いくとお前は止まらないだろ」

「いや、俺の靴はもう底がついてるからここまでだ」

「はいはい。で、お客さんだぞ」

「あれは……」

ベンヴォーリオが指さす先には二人の男女がいた。

片方は富雄も知っている。ジュリエットの乳母だった。

「ピーター、扇子《せんす》をちょうだい！」

汗をかく乳母の声にこたえたのは付き人のピーターではなくマキューシオだった。

「ピーターさん、扇子で顔を隠してやるといい。その顔より扇子のほうがずっと綺麗だ」

さっきの調子が止まらないマキューシオだが、誰も止める様子がない。

乳母は聞こえたのか聞こえていないのか、気にせずこう言った。

「ロミオ様はどちらに？」

「ここだよ」

「なんだなんだ？　お前まさか昨日帰らなかったのはこの娼婦《しょうふ》といいことしてたからか？」

「お前なぁ……」

呆れる富雄だったが、更にマキューシオは続ける。

「いくらなんでもここまで女に困ってたか？　ロミオ」

「いや……もうどこか行っててくれ。話にならない」

「なるほど二人でしっぽり……いやお付きの人もいるようだけど。まあなんせ、今日は帰って来いよ。お前の家で飯でも食おう」

「わかったわかった」

「じゃ。ああ、そっちのちょっと年が行き過ぎた奥さんも」

乳母がキャピュレットの関係者と知っていての煽《あお》りなのか、素で誰にでもああなのか、富雄は若干判断に迷いながらもマキューシオを見送った。

ベンヴォーリオも一応マキューシオについていったようだ。

「下品な冗談ばかり……ピーター！　私が好き放題やられてるのに突っ立ってるだけってどういうことなの！」

「好き放題やられていたなら何とかしますが、別に口喧嘩《くちげんか》ならこの腰のものを抜くには早いかと」

「悔しいわ。いけ好かない！　ああ、ところでロミオ様。お嬢様からあなたを探し出せと言われていますが、伝言を伝える前に確認を。いいですか？　お嬢様はまだお若い。誘惑するだけ、騙《だま》すつもりなら不届き千万《せんばん》」

「心配しないでくれ。俺は誓《ちか》って――」

「なら大丈夫ですね」

「待った。まだ何も言っていないだろう」

「誓ったなら問題ないでしょう？」

「はぁ……まぁいいけど……」

今度は乳母の勢いに、完全にペースを乱される。気を取り直して、しっかりと話すべきことを伝えた。

「あなたが樹里――ジュリエットが言っていた使いですね。ジュリエットに伝えてください。これからロレンス神父様の庵《いおり》に来てくれと。懺悔《ざんげ》に来ると言って抜け出してくれれば、段取りは整えていると伝えてほしい。あとこれを」

「そんな！　お金なんてもらえません！」

「もらっておいて」

相手のことがわからない以上信頼できるのは金だ。幸い〝ロミオ〟には自由に使える金がそれなりにあった。

「これからですね。必ず伝えましょう」

「ああ、それから、あなたにもう一つお願いがあるんだ。修道院の塀のそばにいてくれれば、一時間以内に下男に縄はしごを持って行かせる」

「まあ、それを使って……？」

「ああ、昨日はちょっと距離がありすぎたから。今晩、部屋に」

「わかりました。ではごきげんよう。あ、いやちょっと待ちなさないな」

「どうしたんだ？」

「そのご家来、口は堅《かた》いんでしょうね？　秘密は二人なら守られるが、三人なら漏れるというでしょう？」

「大丈夫」

富雄もここに至るまでに情報を集め、信頼できる人間の選別は済ませている。

要件が済んだと思ったら、乳母がいつも通りのおしゃべりを始める。

「よかった。うちのお嬢様はそれはそれは可愛い方なんですよ。小さいころからお口も達者《たっしゃ》で――ああそうだ。この町の貴族、パリス様もお嬢様との婚約をお望みでした。でもお嬢様はそんな人どうでもいいと。私はパリス様のほうがいい男と言ってお嬢様のご機嫌を損《そこ》ねることも……。でもね、パリス様も男前で……ああそれはそうと、ローズマリーとロミオはどちらも同じ頭文字でしたね？」

「それはそうだけどどうかしたのか？」

「Rっていえば――あらやだ、はしたない。きっと何か別の頭文字です。ああそうそう。お嬢様はあなたのお名前とローズマリーでしゃれた何かをつくっていらっしゃった。一度お聞きになるとよいですよ」

「それは楽しみだ。じゃあ、そのお嬢様によろしく頼む」

「ええ、何回でも言いましょう。ピーター！」

「はいはい」

「先を歩いて！　ほらグズグズせずに！」

嵐《あらし》のようにしゃべり倒す乳母の話は半分くらい富雄の耳に届いていなかった。

というより、理解しきれなかったわけだ。はしたないなどと言われても、Rのあとに続けようとした下品な言葉がわからないから。

ただやはり、ロミオという名前はどうやら、この世界でよいものではなさそうだと感じざるを得ないのだった。

◇

「ばあや！」

「はいはい。ばあやですよ」

「で、どうだったの？」

「へとへとなんですよ。一息くらいつかせてくださいな」

「ごめんなさい。でもすぐ聞きたいの」

「そんなに急かさないでくださいな！　ほら、もう骨が悲鳴を上げているんです」

「私の骨をあげるから」

「ちょっとくらい待ってくださいな！　息切れしてるんですよ！」

大袈裟《おおげさ》に倒れ込もうとする乳母に、樹里は焦《じ》れながら急かした。

「息切れしていると言える息があるのだから大丈夫。ほら、いい知らせか悪い知らせかだけでも」

「まったく……お嬢様は男を見る目があまりないですよ。ロミオでしたね。あの男はだめです。顔は誰よりいいです。でも脛《すね》ときたら……どんな男よりも素敵。手も足も身体つきも、何もかも取り立てて言うほどではないけど、まあ飛び切り良いですね。

礼節の鑑《かがみ》というほどではないですが、優しくて品がある。お嬢様、お祈りを。食事はお済みですか？」

「まだだけど。もったいぶらないでばあや！」

「ひどいわぁ。あっちこっち駆けずり回らされて、もう死にそうなんですよ」

今度は泣き落としだ。樹里は必死に機嫌を取ってしゃべらそうとする。

「かわいそうに。でも優しいばあや、教えて。ロミオはなんて？」

「あの方の返事は、ご立派で、紳士的で、礼儀正しくて、親切で、美男で、高潔で――お母さまはどちらに？」

「ばあや!?　おかしいでしょその流れは！」

「もう、せっかちすぎるでしょう。今後のお使いはご自分でなさってくださいね！」

「そんなに怒らないで、というより早く用件を伝えて」

「はあ……今日は懺悔の予定をいれていますか？」

「ええ」

「なら、すぐロレンス神父様の庵へ向かってください。段取りを整えたあの人がお待ちです。あらあら、もうお顔が赤くなってる。ほら、行き方はわかりますね？　私はほかの用をもらったからそちらに。縄ばしごを預かって、夜あの方がお嬢様のお部屋にやってくるお手伝いをしないといけません。私は昼間は忙しかったけれど、夜はお嬢様が大忙しというわけですね。では」

なまじ乳母とのやり取りを繰り返したせいで、乳母の意図をしっかりと感じ取ってしまった樹里はさらに顔を赤らめながらも、富雄と神父のいる庵に向かって走り出したのだった。

◇

神父の庵に向かう樹里の足取りは軽かった。

「勢いだけでも、ひっそりとでも、まさか富雄と結婚出来る日が来るとは思わなかった……」

前世、あの父の前に富雄を連れて行っても、認めてもらえるとは思えなかった。

状況は同じ。両親の不和で結ばれない運命。

だが、こちらは状況が悪すぎて、かえってチャンスが生まれたわけだ。

「あっちじゃ富雄をものにしたい女の子は、いくらでもいたし……」

歩きながら樹里は考える――最後の最後に富雄からその言葉を聞くまで、私はそもそも富雄に近づこうとすらしてなかった。

そのくらい富雄の周りにはたくさんそういう候補がいた。

富雄は前世で、私のどこをそんなに気に入ってくれたのだろう。

少しだけ、今の状況が特別だということを思い出し、不安になる。だがそんな樹里を余所《よそ》に、足は自然と神父の庵へと連れてきていた。

「こんにちは。神父様」

「よく来てくれたね」

「どうやってこんな段取りを？」

にこやかに笑う神父の横に立つ富雄に目を向ける。

「話をしただけだ。ドレスも指輪もないだろう？」

現代を知る二人からすれば、この駆け落ちに近い突然の結婚式はあまりに簡素だっただろう。

それでも……。

「十分」

「なら、よかった」

「ふむ。一緒においで。急いで式を行おう。神の名のもとに二人を一つに結ぶまで、まだ二人きりにするわけにいかないからな」

ロレンス神父に続いて、富雄と樹里は手をつないで歩いて行った。

第二章　崩壊

「じゃあ、また夜に」

「……うん」

式は簡素ながら滞《とどこお》りなく行われた。

「……どうしよう」

鼓動が高まるのを抑えきれない自分を嫌でも自覚する。

あっという間に過ぎる日々に戸惑うばかりだが、ここまでの日々は樹里にとって、元の世界よりも幸福感にあふれたものだ。

たった数日のこの日々が樹里にとって大きくなっていく。

部屋に戻って、すべてが上の空のままの樹里の脳裏《のうり》には、つい数日前のことだというのにずいぶん前に感じる出来事が思い出されていた。

◇

「また垂れ幕出てるじゃん、樹里の幼馴染《おさななじみ》なんでしょ？　門真くん」

「そうだけど……」

帰り道を共にする友人に声を掛けられた樹里の反応はうれしそうなものではなかった。

剣道部の全国大会出場を祝う垂れ幕には、門真富雄の名が大きく大きく記されている。

確かに樹里の久坂家と富雄の門真家はかつて親同士の仲が良く、たびたび顔を合わせていた樹里と富雄の関係は幼馴染ではある。

だがそれも今は昔。

富雄の両親が離婚し、それ以来疎遠となった樹里にとって、もはや富雄は遠い存在になっていた。

「あれだけイケメンの人気者と幼馴染なんて、私なら鼻が高くなっちゃうけどなー」

「昔の話だからね。ほら、早く行かないとパフェ売り切れちゃうんじゃなかった？」

「そうだった！」

小学校高学年まで続いた交流がなくなりもう何年も経《た》った。親同士のつながりがなくなれば、簡単に縁など切れるのだ。

だが樹里にとっては、その存在は離れてからもどんどん大きくなっていくものだった。時折見守ってくれているかのように合う視線。さらりと手を貸してくれる優しさ。富雄に対する想《おも》いはあと何年経てば消えるのかと頭を悩ませることもたびたびある。

一方富雄にとっての樹里はきっと、多くの人間の一人になったはずだ。

それだけの距離が出来ていたし、それだけの時間が経っていたし、だから、これから先もこうして、活躍《かつやく》する幼馴染を少しだけ特別な目で見つめるだけの日々が続くと、少なくとも樹里は、そう思っていた。

そしてそれはこれからも、変わることなんてないと、そう思っていたのだ。

そんな樹里の考えは、一瞬にして終わりを告げた。

富雄が、事故に巻き込まれたのだ。

車に轢《ひ》かれそうになっていた少年を助けたからだという。

そんな、最後まで格好いい理由で死ななくてもいいのに。

樹里は、遠い人過ぎて、何だか泣けなかった。

なのに、死後部屋から出てきたと、手紙を渡されたのだ。あれは、富雄の継母《ままはは》だったのだろう。綺麗《きれい》な人だった。

そしてそこには、樹里宛《あて》のラブレターが入っていた。

泣いた。そして、泣き疲れて呆然《ぼうぜん》と歩いている夜道で、樹里も、迫って来るトラックの光源に――

◇

「はっ……!?」

飛び起きた樹里が見た景色は、まさにあのトラックに轢かれてからすぐに見た景色と同じ。

「夢……?」

荒くなった呼吸を整えながら、周囲を見渡して樹里は状況を整理する。

硬《かた》く冷たい寝具が、最初に目覚めたときと異なり樹里の心を落ち着けた。

寝汗がひどい。

同時に、言いようのない不安のようなものが心を支配して、逃れられなくなっていた。

「夢見が悪かっただけ……よね？」

不安。

まだ日は昇ったまま。

こうも夜が待ち遠しい日などないだろうと、樹里は一人で外を眺める。

結婚が出来たとはいえ、それは形だけのもの。

神に認められたという事実がこの世界においては大きなことだとしても、その感覚のない樹里にとってはどうしても、実感の伴わないことだった。

きっと周囲に祝福されて初めて、その実感が得られるものと考えている。

富雄だって、この世界に順応して、いつ気が変わるかわかったものではない。それでも――。

居ても立っても居られない樹里のもとに、ある意味で待ち人がやってきた。

「ばあや！」

乳母は富雄との伝達役になっていた。

帰ってきたということは何かわかるはず。

夜が待ち遠しい樹里にとってみれば、空白の時間を埋《う》める唯一の存在が乳母だ。

縄ばしごを手に持っているということは、夜の準備の段取りを整えてきたということのはず。

いよいよ期待が高まった樹里が乳母に尋《たず》ねる。

「縄ばしごを持ってくるように言ったのはロミオよね？」

「ええ、これがその縄ばしごです……よ！」

まるでそれを憎いと言わんばかりに投げ捨てた乳母を見て、初めて樹里は異変に気付いた。

よく見れば乳母の表情がこれまで見たことがないほど何かに焦ったものになっている。

「ばあや……？　何があったの？」

「お嬢様！　ああ、ああ悲しい。亡くなった！　亡くなってしまいました！　もうだめです。何もかもおしまいです。殺された！　死んでしまった！」

「そんな……」

富雄の——この場合ロミオのことで頭がいっぱいだった樹里にとってその報告は、この世の終わりを告げる報告だった。

一度目の突然の死、そして異世界での生活ときて……この仕打ちでは樹里も信じてもいない神を呪《のろ》いたくなる。

「神はどうしてそんなひどいことを……」

だが、乳母から返ってきたのは樹里が予想だにしない言葉だった。

「ひどいのはロミオです。神様ではありませんよ」

「え？」

「ああロミオ、なんてことを……ああ……！」

「ばあや、どういうことなの！　ロミオがどうしたの！」

「ばあやは傷を見てきたのです。間違いなく……ああ神よ……胸のここに、その傷が。おいたわしい血まみれの亡骸《なきがら》を。一目見て気を失いました」

「そんな……」

真っ先に考えたのは自殺だ。

ロミオの死に対してひどいのはロミオというなら、そういう解釈だろうと考えた。

だが同時に樹里は疑っていた。あの富雄が、突然このタイミングで自殺なんて考えられるだろうかと。

「ティボルト様。ティボルト様です！　あんなに親切で男らしくて……なのにどうして、私のようなおいぼれがその死に目に立ち会わなくてはならないんでしょう……ああ！」

「ティボルト……？」

ここで初めてロミオ以外の名前が出てきたことで、ようやく樹里の頭が現実に追いついてくる。

だが同時に樹里の頭を駆けめぐったのは前世の知識を合わせた幾重《いくえ》にも広がる可能性。

樹里の知る物語ではロミオはこんなところで死にはしない。だから油断していたのだ。

自分たちの死を回避さえすれば、物語をハッピーエンドに導けるだろうと。

「ばあや。殺されたのは誰？　そして殺したのは？」

ティボルトはジュリエットの従兄《いとこ》だ。舞踏会でジュリエットに優しくしてくれたのを覚えている。

「もし二人とも殺されたというなら、心が耐えられそうにないけれど……」

だが乳母の口から発せられた回答は全く別のものだった。

「ティボルト様は死にました。ロミオが殺した」

「ロミオが……？」

「ええ、ティボルト様を殺したロミオは追放に」

追放、と聞いて、ここに来て本当にようやくだが、樹里の頭にロミオとジュリエットの物語の全容が浮かび上がってきた。

浮かれていた部分もある。

もしくは何らかの大いなる力によって、記憶に靄《もや》がかかったかのように忘れていた事実。

「そうだった……」

詳しくないとはいえ、ロミオとジュリエットの二人が二人とも、すれ違いのまま死ぬのはわかっていた。

ならもう少し考えるべきだったのだ。そこに至る過程というものを。

すべての悲劇はこの日から始まる。立て続けに起きた死人を出す喧嘩《けんか》とロミオの追放。これが行き違いのきっかけ。

追放されたロミオと合流したとき、樹里は仮死状態になっているはず……。

「でもそれならきっと、大丈夫」

物語を大きなハッピーエンドには導けないかもしれないが、少なくとも定められた悲劇の結末にはまだ間に合うはず。富雄がやったことだとするなら、その罪ごとかぶる覚悟が樹里にはある。

だから、二人でこの町を離れて、名前を捨てて、それで幸せになることは出来るだろうと、そう考えていた。

「富雄だって知ってる……この結末は」

正にこの自分が富雄に教えたのだ。ならば、最悪の悲劇は回避できるはず。

そうと決まれば……。

「ばあや、ロミオはいまどこに？」

「ああ……。男なんて信用してはいけません。信念も名誉《めいよ》も何もない！　誓いを破る偽善者《ぎぜんしゃ》ばかりなのだから！　ピーター！　気付けにお酒を持ってきて頂戴《ちょうだい》！　この悲しみのせいで私はより一層老《ふ》け込んでしまう！」

「今悪口を言っても仕方がないでしょう。それにロミオは恥を知るべきです！」

ロミオは恥を知っている人よ。何か事情がないと、こんなことにはならないのだから。あの人を悪く言わないで」

「ご自分の従兄を殺した相手を良く言う意味を考えられていますか？」

乳母の一言に一瞬だけ樹里は言いよどむ。

だが……。

「自分の夫を悪く言えるはずがないでしょう。たった数時間とはいえ、もうロミオは私の夫なのだから」

そう。

だからこそ、樹里には勝算があるのだ。

「二人なら、乗り越えられるはずだから……」

この物語の未来を知る、二人なら……。

「富雄なら、何かどうしようもない理由が、殺さなければ殺されてしまうような理由があったはず……」

だとすれば、だ。

ロミオを殺そうとしたティボルトが死に、ロミオは追放とはいえ生きている。

この状況よりいい結果など存在しないだろう。

泣いている場合でも、ふさぎ込んでいる場合でもない。

正直に言えば、樹里にとっては本当に富雄以外の存在は小さなものなのだ。

元の物語でもこのとき、ジュリエットはロミオ以外のすべてよりロミオを大事にしていた。ロミオの追放を一万のティボルトの死と比較したし、父や母が死ぬことよりも、ロミオの追放を嘆いていた。

ジュリエットとしての感情が、偶然《ぐうぜん》にも樹里の心情にぴったりと一致する。

「ばあや。お父さまとお母さまはどちらに？」

「ティボルト様の亡骸を前に泣き崩れておられます。お嬢様もお連れしましょうか？」

「いいえ。私が泣くのは二人の涙が乾いてからでいい。それではあや、追放されたロミオだって、すぐにどこかにはいかないでしょう？　縄ばしごを持ってきたなら、どこにいるかも知っているんじゃないのかしら」

「お嬢様……」

「今夜彼がこの場所に来ることはない。それでも私のほうから行くことは出来るでしょう？　こうして未亡人となろうとしている私にも、動く自由はあるはずよ」

「わかりました。確かにロミオ様のおおよその居場所はわかります。おそらくロレンス神父様のところに。私が行って探してきます。ですが、お嬢様に許されるのは最後の挨拶《あいさつ》まで。それ以上は……」

樹里も考える。

追放されたのは夫とはいえほとんど公認されていない存在だ。

そこについていくことも追放をなかったことにするのも難しいことはわかっている。

だったら今は、乳母の言うことに従うだけだ。

「わかっているわ。だから探してきて。最後の挨拶に、お別れのために」

真相を富雄から聞いて、これからのことを話し合う。

それだけの時間は十分に用意されていると、樹里はまだ考えていた。

今は何があったのか考え込むことしかできない。

ティボルトが死んで、ロミオが追放。それしかない事実のかけらを元に、これからのことに思いをはせる樹里。

待ち遠しかった夜はもう来ないが、それでもまだ。二人の幸せのために希望を捨てる状況ではなかった。

◇

時をさかのぼってしばらく。

ロミオが追放となるまでの騒動の発端は、やはりキャピュレット家とモンタギュー家との不和にあった。

街とはいえ歩いていれば顔見知りにも会う。

その相手が敵対している家の人間というだけですでに三度、町人を巻き込む喧嘩となるほどの両家だ。

その中において、血気盛《さか》んな若者同士でしかも決闘状が出ているとなれば、すれ違ったただけでも殺し合いに発展するのは、ある意味では必然だった。

「マキューシオ。そろそろ帰ろう。キャピュレットのやつらも出歩いているんだし、日が盛っていて暑いだろ。いまばったり会ったら、熱さで狂った血が騒ぎだす」

「お前は冷静に見えてすぐ熱くなるからな」

「俺《おれ》の方か？」

「熱くなることにかけてはとんでもないだろ。吹っ掛けられたらすぐに買う。いや、吹っ掛けられなくてもな」

「全部お前のことだろ」

「いいや。お前みたいなのが二人いたらたちまち殺し合いで二人ともいなくなっちまう。いつか大通りで咳《せき》をしただけの男に喧嘩を吹っ掛けただろ。あれも日向《ひなた》ぼっこしている犬が起きたからなんて理由だった。復活祭の前なのに新調の上着を着てるってだけで仕立て屋に食って掛かったり……まだあるぞ。新しい靴に古いリボンがついてやがるって怒ってた。そのお前が俺に喧嘩するなって説教はおかしいだろ？」

「いやいや。俺が喧嘩っ早かったら、お前は一時間もあったら死んでるレベルだ」

「何言ってやがる」

いつもの馬鹿話を繰り広げながらも、やはりベンヴォーリオはまだ冷静に、帰りを促《うなが》していた。

だが運が悪いことに、いや、運命の必然によって、その日は最悪の出会いが待っていた。

「おやおや、これはこれはおそろいで。一言いいかな？」

「あれは……キャピュレットの……」

現れたのはティボルトだった。

ジュリエットの従兄であり、キャピュレット家における血気盛んな若者の筆頭。

ロミオに挑戦状をつきつけたほどには、ティボルトの心はモンタギュー家への憎しみに支配されている。

敵対する家の人間がわざわざ舞踏会に現れ、あろうことかその家の宝である一人娘、ジュリエットと踊ってのうのうと帰っていったのだ。

屈辱《くつじょく》的な出来事に歯嚙《はが》みしたティボルトは、家長に止められていなければあの場でロミオに襲い掛かっていた。

今回はそのチャンスが巡ってきたと言わんばかりに上機嫌だ。

「一言いいかなってか？　もう一つ色をつけてくれりゃ俺たちは買ってやってもいいぜ」

「それは望むところだな。きっかけがあればだが」

「自分では作れないのか？　そのきっかけを」

さすがに出会ってすぐに斬《き》り合いにはならない。

とはいえ一触即発だ。

まして人を引き連れたティボルトはメンツにかけて止まれないし、喧嘩っ早いマキューシオを止めるのも難しい。

「マキューシオ、貴様はいつもロミオの金魚の糞《ふん》のようだ。その金魚はどうした？」

「金魚の糞だと……？　なるほど、だとしたらお前にその糞ごと食らわせてやろうか」

「待て。ここは人通りが激しいだろ。どこか人目につかないところにいって話し合いをしよう。そうでないならもうここで解散だ。どちらにせよ、ここじゃ目立ちすぎる」

ベンヴォーリオの仲裁はここまでだ。

もう止まれないマキューシオがこう言う。

「見たいやつには見させときゃいいんだ。俺はそんなことで引っ込む男じゃないね」

一歩前に。

ついにぶつかるかと周囲の人間もヒヤヒヤしながら、いや一部は期待するように見守っていた中、この場を収めうる人物が登場した。

逆に最も、火に油を注ぐ可能性のある人物でもある。

「どうやら貴様とは休戦のようだなマキューシオ。ご当人がやってきやがった」

「逃げるのか？　いやお前が先に決闘場にいくって言うなら、あいつもついていくだろうよ」

「ふん。おいロミオ！」

マキューシオとの口論を一度やめてティボルトはロミオに狙《ねら》いを定めた。

「貴様に対する言葉はこれだけだ。貴様は悪党だ」

憎々し気にロミオを睨《にら》みつけるティボルトに、富雄は困惑しながら言葉を探す。

富雄はティボルトのことはまったく知らないのだ。

「ティボルト。その挨拶には怒りで返すべきなんだろうけど、事情があってそういうわけにいかなくなったんだ。俺は別に悪党じゃないし、このまま今日は別れよう。あとでちゃんと説明するから」

「お前が俺に加えた侮辱《ぶじょく》の言い訳がその程度で立つと思ってるのか！　いいからこちらに向いて剣を抜け！」

「侮辱したつもりもないし、多分君が考える以上に俺は君と親しくなれる。だから引き下がってくれないか？」

富雄としては非常に理性的に処理しようとした。

もしこれが最初からこの場に富雄がいたなら、何とかすることが出来たかもしれない。

だがこの場にいるのはすでに一触即発だった二人だ。富雄が説得するべき相手はティボルトだけではなかった。

「あーあー、面目丸《めんぼく》つぶれじゃねえか！　ロミオ！　それでも男か！」

すでに火がついていたマキューシオにとってみれば、ロミオの行動は自分のメンツすら潰《つぶ》されたようなもの。

マキューシオが、剣を抜く。

「マキューシオ！　剣を収めろ！」

ロミオが叫ぶが、すでにティボルトとマキューシオにはロミオの言葉は届かない。

「ほう、その剣で俺をどうするつもりだ？」

「猫の魂《たましい》は九つあるというじゃないか。お前はぞろぞろ手下を引き連れて、猫の親玉みたいなものだ。九つのうちの一つくらいは奪っても文句はないだろう？　あとはお前次第《しだい》だな。残りの八つもずたずたにしてやってもいい」

「ふん。来るなら来い」

「やめろ！　……ベンヴォーリオ！　お前の剣でマキューシオの剣を叩《たた》き落としてくれ！」

「無茶を言ってくれる……」

もうすでに剣を手にティボルトに向かっていったマキューシオを止められないことなどわかりきっていた。

「くそ……！　二人とも忘れたのか！　大公に命じられてこの町での喧嘩は禁止だろう！」

もはや止まるはずもなく、二人の剣が交差する。

「どうしてっ……！」

富雄にとってみれば、往来で剣を抜いての喧嘩など考えられないことだった。

そもそも言い争いが暴力沙汰《ざた》に発展することすら経験がない。

だが二人を止めなければ、大変なことになるのはわかっていた。自分の、いや、自分と樹里のこれからのために、もう両家の争いは終わらせる必要があるのだ。

まさか結婚の数時間後にこんな事態に巻き込まれるとは思っていなかったが、それでも富雄の心には勇気が芽生《めば》えていた。

本来なら、前世では目にすることすら難しいほどの、人を殺せる真剣を前に身動きなどできなくなっていたはずだ。

それが今は、飛び出す勇気を、幸か不幸か樹里との結婚は与えてしまった。

「やめろ！　ティボルト！　マキューシオ！」

剣を抜き二人の間に入り込むロミオ。

竹刀か、よくても木刀までしか扱ったことのない富雄にとってみれば、手にした細剣は違和感を覚える。

鞘《さや》から抜いて、抜き身になったその剣を見てしまえば進めなくなることがわかっていた。

だからそのまま真っすぐ、二人のほうに飛び出していく。

「邪魔だロミオ！　いまさら出てくるんじゃねえ！」

マキューシオの怒号《どごう》。

いかに全国区レベルの剣道経験者とて、当然だが二人の命懸《いのちが》けの戦いを綺麗に仲裁するほどの力はない。

最終的にはもう、身体《からだ》ごとぶつかっていくしか止める手段はなかった。

「いまさら出てきた臆病者《おくびょうもの》に用は……ないっ！」

「なっ⁉」

富雄を貫く勢いで、ティボルトの細剣が真っすぐに繰り出される。

だがその軌道をロミオはしっかりと見切っていた。富雄の知らない殺意というものが籠《こ》められているとはいえ、七世紀も前の剣術だ。今の剣道はずっと進歩している。

その軌道上に、自分がいないことまでは確認できた。

だが、出来たのはそこまでだった。

「かはっ……」

「――っ⁉　マキューシオ⁉」

「入ったか……。騒ぎになりすぎた。一度引くぞ」

確かにマキューシオに剣が入ったことを確認して、ようやくティボルトの頭に上っていた血も収まったのだろう。

周囲を見渡したティボルトはすぐに仲間を引き連れてその場を離れていった。

「おい……！　くそっ……マキューシオ！　大丈夫か⁉」

一瞬ティボルトを制止しようとしたロミオだが、刺されたマキューシオのもとに駆け寄る。

「やられた……くそ！　キャピュレットもモンタギューもくたばりやがれ！　もう俺はだめだ……あいつは逃げやがったのか⁉　無傷で！」

ベンヴォーリオも駆けつけてくる。

「おい、大丈夫か⁉　傷は！」

「なに。大したことはない。大したことないが、こたえる。医者を呼んでくれ」

「しっかりしろ。大した傷じゃないはずだ！」

剣で腹を刺されて、それで無事なはずもない。

富雄にある現代知識に照らし合わせれば手当てを受ければ助かる傷かもしれないが、この時代、この環境においては、もはやマキューシオは手遅れだった。

だがそれでも、マキューシオは強がりをやめない。

「ああ、大した傷じゃないさ。井戸ほど深くはないし、教会の扉ほど大きくもない。でもな、はぁ……結構効《き》いてるようだ。明日俺に会いに来るといい。無事墓に収まってるだろうよ！」

息を切らしながらも、マキューシオは言いたいことを言い切ろうとする。

「はぁ……はぁ……ああ！　一巻の終わりだ！　くそ！　どっちの家もくたばっちまえ！　畜生《ちくしょう》……犬だか、猫だか、ネズミだか、あんなやつに引っかかれて死ぬなんて！　あの野郎、教科書通りの剣法できやがる……くそ……！　おいロミオ、お前なんで急に割って入りやがった」

致命傷《ちめいしょう》を受け、それでも悪態《あくたい》をついてくるマキューシオの言葉に、富雄はどうしていいかわからなくなりながらも、何とか返事をした。

「止めに入りたかった。二人のためを思ってだったんだ」

「ちっ……ベンヴォーリオ、どっかその辺に連れて行ってくれ。気が遠くなる。どっちの家も、キャピュレットも、モンタギューもくたばっちまえってんだ。俺をウジ虫のえさにしやがって！　やられたよ。お前に！　お前の家に！」

なおもわめくマキューシオ。

もう富雄ではどうすることも出来ず、ベンヴォーリオが言われた通り、二人を離す。富雄に目くばせだけして、その真意は富雄には読み取れず、いや、ベンヴォーリオ自身、何を伝えたいかもわからないほどぐちゃぐちゃの感情を抱えながら去っていく。

それが悪友との、だとしても親友だった男との、今生の別れになる。

大公の身内、そしてロミオの親友。

そんなマキューシオに深手を、致命傷を負《お》わせたというどうしようもない事実が富雄にのしかかった。

何かが富雄の中に芽生えるのを感じる。

そうこうしているうちにベンヴォーリオが戻ってくる。

「ロミオ、マキューシオが死んだぞ。あの勇敢《ゆうかん》な男が、この世と早々におさらばだ。今頃《いまごろ》もう雲の上に……」

言い掛けたベンヴォーリオが、〝ロミオ〟の様子がおかしいことに気付いた。

「……ロミオ?」

だがベンヴォーリオが感じた違和感は、戻ってきたティボルトにかき消されることになる。

「ちっ。ティボルトが戻ってきやがったぞ」

「ああ……もう終わりだ。許さない」

「ロミオ……?」

様子がおかしい。

だがその異変の原因も、正体も突き止めることは、ベンヴォーリオには出来なかった。

当然だ。

度重《たびかさ》なる不幸と、重圧と、様々なものに押しつぶされて……。

今出てきているのは、かつてロミオだった魂の、その残り火のようなものだ。それが富雄の魂と呼応し、初めて人の死を目の当たりにした富雄の心を更に燃え上がらせている。

激情に身をゆだね、恋に恋する男。

当然富雄にとってのそれと、ロミオにとってのマキューシオのとは、その重みが大きく異なる。

だから……。

「ティボルト。俺を悪党呼ばわりしたが、そっくりそのままお前に返す。マキューシオの魂が言うんだ。お前が来るのを待ってるとな。俺か、お前か、あるいは二人とも、あいつの道連《みちづ》れだ」

「この世でつるんでたんだ。あの世でもお前がつるめばいいだろ」

「いいさ。これで全部決まるんだからな！」

剣を取り出した富雄が駆けだす。

先ほどまでの、二人を止めるための剣ではない。

ティボルトを殺すための、殺意を込めた剣だった。

「ぐっ……やるじゃないか。最初からお前が出てきておけば、あの男も犬死にせずに済んだのに」

「まだしゃべる余裕があるのか?」

何度かの交錯《こうさく》。

そのどれもが必殺の一撃だ。

もし先程までの富雄だったなら、命をかけた本気の一撃が頬をかすめればそれだけで萎縮《いしゅく》していたかもしれない。

だが今の富雄は、マキューシオを殺された恨《うら》みと、自分の無力さに対する怒りで死への恐怖は麻痺《まひ》している。

そしてその怒りと、このひりつくような本当の闘いの経験は、富雄の魂にしっかりと刻《きざ》まれていく。

「くっ……」

押され始めたティボルトに焦りが見える。

「終わりだ」

確かに富雄の剣がティボルトを捕らえる。

「ぐっ……がは……」

確かめるまでもなく、ティボルトは一撃で死を迎えていた。

そして……。

「おいロミオ！　逃げろ！　早く！」

ベンヴォーリオの叫び声に富雄も我に返った。

「町中騒ぎだした！　ティボルトも死んだぞ！　ぼうっとするな！　このまま捕まればお前は死刑だ！　さっさと逃げろ！」

ようやく事態を飲み込めてきたが富雄はまだ動けない。

仕方ないだろう。剣など握ることすらなかったただの高校生が、たった今目の前の相手を殺したのだ。

普通ならしばらくは放心状態で動けずとも、文句は言われない。

だがそれを許さない事情があった。

「ぐずぐずするな！　行け！」

ベンヴォーリオの声に従いその場を離れるために動き出すが、それでも頭の整理などつくことはない。

思いを伝え、結婚まで果《は》たし、あとは周囲の理解をどうにか得ようと考えていた矢先にこれだ。

すべてをめちゃくちゃにしてしまったのだ。

当然自分を待っていたはずの樹里を、絶望させることになる。失望されるかもしれない。

ただ事情を知るものがいたなら、富雄を責めるのは酷《こく》だと言っただろう。

前世での死、そしてこの仕打ち。

樹里と同じく、信じてもいない神か、あるいは運命を呪わずにはいられなかった。

あてもなく走る。

いや、あては一つしかない。

この世界で頼れる先はもう、富雄には一か所しか思い当たらなかった。

町ゆく人たちが集まっていくのとは逆行して、一目散に目的地に向けて駆けていった。

◇

「ロミオ、こっちへ来なさい。今は人目を気にしなくても良い」

ロミオが頼った先は、ジュリエットとの結婚を認めてくれた神父、ロレンスだった。

家に帰るわけにもいかず、当然ながらジュリエットのもとに行くこともできないロミオにとって、そして富雄にとって本当に唯一の逃げ場がここだったのだ。

「今のお前は苦悩に惚《ほ》れこまれ、不幸と無理やり結婚させられたようなものだな」

ロレンスの慰《なぐさ》めは意味を持たない。

特に混乱する富雄には……。

「神父様、何か知らせが？　もっと悪いことがありましたか？」

「落ち着け。少し不幸と付き合いすぎただけだ。大公の宣告を伝える」

「大公の宣告……」

知識のなかった富雄でも、ここまでの事態がどれだけおおごとになったかは自覚している。

いや、そもそも人を一人殺したのだ。動揺しないはずもないし、この世界がそれを許したとしても、富雄が耐えられる保証などどこにもなかった。

「人を一人殺して、受ける宣告なんて……」

考え得る究極の刑は死刑。

「大公から発された宣告はもっと寛大《かんだい》なお裁きだった。死刑ではない。追放だ」

「追放……？」

「ここヴェローナからの追放だ。世界は果てなく広い」

大公の宣告。神父の口から伝えられた結果に、富雄もようやく思考が追いついてくる。

死刑よりはずいぶんマシだろう。

だが富雄にとってみれば、状況は変わる。

突然放《ほう》り出されたこの世界で、友もなく、家族もなく、そして唯一すべてを打ち明けられる存在――樹里から離れることになる。

生まれ変わった家が裕福で、友にも恵まれていたことで忘れていたが、いざ追放となったときには生き残れるかの保証すらないのだ。

最初からいないとわかっていれば耐えられたかもしれない。

だがもう、わかっているのだ。そこにいることが。

だというのに、会えない。どころか、どこで何をしているかさえ、知る由もなくなる。

この世界における追放は、精神的な死と同じだった。

「ヴェローナの外で生きることなど出来るんですか。これはもう俺にとっては、死罪と変わらないんじゃ……」

「罰当《ばちあ》たりなことを言うな！　国法に照らせば死罪だったお前を、大公は法を曲げてまで肩を持ってくれたのだぞ。死刑という恐ろしい結果を追放に変えてくれた。この慈悲《じひ》をないがしろにするんじゃない」

「……」

言葉に詰まる。

ロレンスにどれだけ説明したところで、富雄の絶望は伝わらないだろう。

樹里にとって富雄は、そして富雄にとって樹里は、この世界において唯一の理解者であるのだ。

もはや肉親を失うことや友を失うこととは比べ物にならないダメージを受けることになる。

「そこまでの絶望があるのか？　結婚の誓いは立てた。だがお前はジュリエットと出会ってたった数日。しかも数日前には別の女の名を口にしていた。むしろお前なら、このヴェローナを離れてもきっと楽しく暮らしていけるだろうて」

「神父様から見れば、確かにそうかもしれません。ですが俺にとってはもう……ジュリエットを失うことは手足をもがれるようなものなんです」

「ふぅむ……」

「それに……人を一人殺したんですから……」

感情はぐちゃぐちゃだ。

そしてそのぐちゃぐちゃな感情を慰めてくれるだろう存在とは完全に切り離された。

富雄がこの世界に絶望し、追放を受け入れられないこともある程度は仕方ないのかもしれない。

どうしようもないロミオに対してロレンスも手を焼いていると、何者かが戸を叩く音が聞こえた。

「む……誰かがきた。ひとまず隠れろ。どなたかな?」

ロミオに指示を出してロレンスは扉に向かう。

「どうか中へお通しください。お嬢様の、ジュリエット様のお使いで参りました」

「ジュリエットの?」

中に招かれた乳母がロレンスに尋ねる。

「神父様。お嬢様の旦那はどちらに?」

「隠れろと言ったのだがな。どうにも動けんらしい」

「ああ、お嬢様もまさにどうすることも出来ず泣き伏していらっしゃいます」

その言葉にまた、富雄は罪悪感に苛《さいな》まれる。

だが落ち込んだままでいることを、乳母は許さなかった。

「ほら立って！　立つんですよ！　男の子でしょう！　ジュリエット様のために、お嬢様のために立って！」

「ばあや……」

「そんな落ち込んでふさぎ込んで穴の中に入り込む暇はないんですよ！」

「それは……樹里は……ジュリエットはどうしてるんだ？　俺をなんて……人を殺してしまった俺を何と……？」

「ただ泣くばかりでしたよ。今ベッドに倒れ込んだかと思ったらぱっと立ち上がって、よくわからないことを言ってまたばたっと起きて、ああ富雄、どうしてあなたはロミオなの、と叫んでまたばたっと。富雄って、どなたです？」

「ロミオと……」

転生して最初に出会った時に話したことを思い出す。

名前を捨てれば、救われたのだろうか。

「ロミオ、顔を上げろ。妻を持ったお前は男らしくなくてはならない。お前の容姿も愛も理性も、そして勇気も正しく活《い》かせ。愛の誓いを証明するのは今だ」

「……何か考えがあるんですか？」

「ある。まず考え方を正せ。確かにお前は不幸と結びついたが、逆に考えれば幸福の女神にも愛されている。まずお前はジュリエットと出会った。そしてそのジュリエットとお前はまだ生きているのだ。これが一つ目の幸運」

静かに、厳《おごそ》かに、ロレンスは続ける。

「そしてティボルト。お前を殺そうとしたティボルトは、その前にお前の友を殺していた。ティボルトを殺した罪は本来死罪にあたるが、これが追放に変わったのだ。これもお前の幸運を意味している」

考え方次第。

だがそれでは哲学の域を出ず、富雄の気持ちは消化できなかった。

乳母は神父による学問にも似た話をありがたがったが、富雄が求めるものは違う。

だが、すぐに富雄が求める答えもまた、ロレンスから示された。

「いいか。お前はここを逃げて、マントヴァで生きるのだ」

「マントヴァ……」

それがどこかはわからないが、ロレンスの話はまだ終わらない。

「マントヴァに行って生きろ。そして私は折を見てお前たちの結婚を公《おおやけ》にする。両家の和解という手土産《てみやげ》があれば、大公もお前をお許しになるはずだ。そうしてお前を呼び戻せばいい。その時の喜びはこの悲しみの百万倍におよぶはずだ」

富雄の顔が上がる。

「さあばあやさん。すぐにジュリエットのところへお戻りください。家中の人を早く寝かせるように。深い悲しみを負ったのだから誰だってそうしたいはず」

「ああ、一晩中ありがたい話を聞いておきたいところでしたが……わかりました。ロミオ様、お嬢様には今のお話を伝えてまいります」

「ありがとう。お願いします。それから……」

一瞬言いよどんで、富雄は乳母にこう言った。

「これからは俺はロミオじゃないと、伝えてください」

頷《うなず》いて乳母が動き出し、しかし振り向いてこれだけ伝えた。

「夜も更《ふ》けてきましたし、お急ぎ下さい」

「ありがとう」

乳母が立ち去る。

何はともあれこれで無事だ。

友は死んだし、罪を犯したが、最悪は免《まぬか》れる。

樹里と再会できて、ともに生きられるならそれよりの幸せはない。

「さて、ロミオ」

「神父様……いろいろありがとうございます」

「ああ。マントヴァにも教会がある。そこで私の名前を出すのだ」

「ありがとうございます……」

「いいか？　夜警がおかれる前に立ち去るか、うまく変装をして抜けるように。追放と言ってはいるが、キャピュレット家としてはどんな言い訳をしてでも仇《かたき》を殺したいはずだ。捕まれば、どうなるかわからん。何かあればマントヴァに使いを飛ばす。元気でな」

差し出された手を取って、富雄が握手を交《か》わす。

大きく、優しく、そして力強い握手に、富雄も応《こた》えるように力をこめる。

「よかった。若者はこうして元気にやっていくべきだからな」

「すみません。本当にいろいろとありがとうございました」

「ああ。では、達者でな」

ロレンスに見送られて、ロミオは駆け出した。

◇

「パリス殿。すまないな。このようなことになってバタバタしていたのだ」

「いえ。ご不幸の折に縁談話を進めようなどとは思っておりません。ただそれでも、未来の家族の不幸に、私も悲しみを共有させていただきたかったのです」

キャピュレット家の応接間。

キャピュレットの夫妻《ふさい》が招き入れていたのは、若き伯爵であるパリスだった。

ジュリエットとの縁談の話が進んでいた男だ。

「なにせ突然の不幸。娘を説得するどころか、話も出来ず……。従兄のティボルトと娘は仲が良かったのです。夜も更けましたし、今日はもう話も出来ないでしょう」

「このような時間に申し訳ありませんでした。失礼いたします。お二方、お嬢様によろしくお伝えください」

「かしこまりました。娘の気持ちは明日必ず……」

夫人が答える。パリスが立ち去ろうと席を立ちあがり、この話は終わるはずだった。

だが家長のキャピュレットがそれを止めた。

「パリス殿。この縁談話、もはやこのまま進めてしまいましょう」

「ほう……」

「娘の心はわかりませんが、私から差し上げます。このようなことになって判断ができるとも思えず、なんであれ、私の言うことは聞くはず。必ず聞かせましょう」

「それは……良いのですか」

「ええ。おい、眠る前にあの娘に伝えよ。パリス殿はもう家族。そうだな……水曜日に……いや、今日は何曜日だ？」

「月曜日ですよ」

「月曜か。なら水曜では少し早いな。木曜にしよう。木曜に結婚だ。そう娘に伝えよ。パリス殿も、急ぐようだがどうかね？　大きなパーティーにはできない。何しろティボルトが殺されて間もないことだから派手《はで》にはやらず、友人を数人……一人二人、いや、五人か六人で。いかがかな？　木曜で」

「願ったりかなったりです。むしろその木曜日が明日になってほしいと願うほど」

「なら決まりだ。いいか？　眠る前に娘に伝えるのだぞ。パリス殿、ではまた木曜日に」

「ええ」

もう夜も更けてしばらく経つ。

本来であれば眠っていたであろう深夜、そろそろ外も明るくなりだす時間になってようやく解散となった。

もともとパリスが惚れこんだことで進んでいた縁談話ではあるが、ここに来て様々な状況が変わっていた。

ティボルトが死に、悲しみに暮れる我が子に少しでも幸せをという親心もある。そしてこの縁談話を、不幸に伴って水に流したくないという思いもあった。

そんな父の想いと裏腹に、ジュリエットが樹里になったことが、そしてロミオが富雄になったことが、この縁談に大きな影響を与えることになるのだった。

◇

「——ということでございました」

「ありがとう」

樹里は、乳母から富雄が一旦《いったん》逃げたことを聞き、ひとまず気持ちを落ち着けていた。そして富雄はもう〝ロミオ〟じゃなくなるという。ならば、あの結末を回避して、一緒に逃げて暮らせばいい。

そう決意する樹里に、声がかかる。

「ジュリエット、まだ起きているかしら?」

「お母さま⁉　こんな時間に？」

「ジュリエット、まだ泣いていたのかしら」

乳母の話を聞いてすぐにやってきた母に焦りを覚える樹里。

何かがバレたかと思ったが、そういうわけではないらしい。

「えっと……気分が悪くて……」

「いつまでも泣いていても、死んだ人は戻らないわ。だからもう終わりにしましょう。嘆きは適度なら愛の証《あかし》ですが、度を越せば分別のなさをあらわします」

この言葉に樹里は違和感を覚える。

身内の死。しかもその当日の夜というのにいくら何でも早すぎる。切り替えを求められるような何かがあったということになる。そしてそれがあまり樹里にとって良いものとは思えなかった。

「まだもう少し、悲しむ時間をください」

「もう少し？」

「ええ、別れがつらいのは仕方ないでしょう。泣かずにはいられない」

今、面倒ごとを増やされるのは避けたい。その一心でなんとか樹里は引き延ばしを図《はか》るが、主人に言伝《ことづて》を命じられた夫人を引き下がらせることは難しかった。

「お前が泣いている理由はもしかして、ティボルトが死んだからではなく、ティボルトを殺した悪党が生きているからかしら？」

「悪党……？」

「ええ、ロミオです」

思わぬ方向に誤解されたが、ひとまず話を合わせることにする樹里。

夫人はその様子をみてこう続けた。

「あの悪党が生きているのがつらいのね。なら安心しなさい。あの悪党がどこに行ったかも聞きました。誰か人をやって、毒を飲ませて殺せばいい。ティボルトのあとをすぐに追わせましょう。そうすればお前の心も晴れるでしょう」

思いがけぬ方向に話が行ってしまったが、ここでロミオの肩を持つわけにはいかないだろう。そう考えた樹里は、なんとか話題に乗りつつも富雄の死を回避するために動く。

「悪党が生き延びるのは憎い。だから死んだ従兄の仇討ちは私にやらせてほしいの」

「そこまで……。ですが……」

「私の心を晴らすためには、ロミオの顔を、死に顔を見る必要があるんです。もう死んでしまった私の心はそれでしか満たされないんです。お母さま、誰かに毒を持たせるというなら、その毒の調達だけでも私にやらせてください」

「……わかりました。毒薬を見つけてくれれば運び手は私が探すわ」

よし、と内心ガッツポーズをする樹里だったが、続けられた夫人の言葉で事態は一転する。

「ジュリエット。お前を悲しみから引き離すために、お父さまがめでたい日を決めてくださったわ」

まずい、と思ったがもう夫人を止める術《すべ》はなかった。

「次の木曜日、聖ペテロ教会であの素晴らしいお方、若くて、立派な貴族であるパリス伯爵と結婚するのです」

ずしりと、重くその言葉が響く。

「結婚……？　お母さま、まだ私には早いと言ったはずです。それに夫となると言ったパリス様は、まだ求婚にもお見えになっていないじゃないですか」

「……お父様がいらしたわ。そうしたいなら、自分で言いなさい。それを聞いた時なんておっしゃるかはよく考えて」

母の表情を見れば、そしてこれまでの言葉を考えれば、どうなるかくらい樹里にも想像がつく。

そこに現れた父、キャピュレットが口を開いた。

「まだ泣いていたか？　泣き続けてしまえばいずれお前はその涙で溺《おぼ》れ死ぬだろう。だからな、おい。もう伝えたのか？」

「はい。ですがありがたいけどお受けできないと。バカな娘です」

「なんだと。おい正気か。ありがたいと、誇らしいと、恵まれてると思わんのか！出来の悪い娘だというのに、あんなに出来た男を婿《むこ》にとこちらが骨を折ったのだぞ！」

結婚相手を親に決められることはこの時代なら仕方のないことかもしれない。だがそれでも、今でなくてもいいだろうと考える。

「誇らしいとは思いません。ありがたい話かもしれませんが、嫌なことを誇りに思うことはできません」

「ありがたいのに誇らしいとは思えない。勝手なやつめ！　だがお前がなんと言おうとも、次の木曜日、パリス殿との結婚はさせる。簀《す》巻《ま》きにして引きずってでもペテロ教会に行かせるぞ！　何も言うことを聞かぬ生意気《なまいき》な娘が！」

樹里にこの時代の感覚はない。それでも、結婚を強《し》いられるという時代があったことも、当時の考え方の違いも頭では理解していた。

とはいえ今は違う。

いくら何でも頭ごなし過ぎる。そしてこのタイミングというのも樹里にとっては納得いかないものだった。

いくらなんでも、と思う。

それに何より、もう樹里は心に決めた相手がいる上に、結婚もしているのだ。

「お父様。怒らないで、冷静に話を聞いてほしいの」

「うるさい！　この親不孝者め！　いいか、木曜には教会に行くぞ。嫌なら今後二度と私の前に姿を現すな！　答えるな、返事もするな！　ああイライラする。くそ！　お前ひとりしか生まれなかったことで神を恨んだこともあったがこうなると一人でも手に余る！　いまいましい！」

激昂《げっこう》するキャピュレットにさすがに乳母が止めに入った。

「そんなに言ってはお嬢様がかわいそうでしょう。きつく叱《しか》りすぎでは？」

樹里からすれば自分の行いが悪いのか、父が必要以上に怒り狂っているのかは気になっていたが、乳母が入ったということである程度状況が理解できてきた。

「ええいうるさい！　自分のほうが正しいという顔をして余計なことを言いよって！　いつものようにぺちゃくちゃやりたければここではない場所でやれ！」

「いえ、ですがお嬢様のためにも、ご主人のためにも」

「ええい黙れ！」

「口を利くことも許さないと？」

「黙れ！　つべこべいうその口が憎いんだ。そういう話はおしゃべり仲間としていればいい！　私にするな！」

　さすがに夫人も止めに入る。

「そんなに熱くおなりにならないで」

「熱く……仕方なかろう！　朝も夜も、昼も仕事中も遊んでいても！　いつだってこの子の結婚が気がかりだったんだ！　それが今、ようやく今！　家柄もよく、領地まで広く、若くて、高貴な血筋。しかも文武両道の理想の男を見つけてやったというのに、この小娘はわがままばかりで言うことを聞かない！」

　前世での父が、こういう人だった。すぐ怒り、樹里を萎縮させる。だから反抗する気力を奪われ、富雄にも思いを打ち明けられなかった。樹里にとっての辛《つら》い記憶を思い出させるこの状況に、恐怖からほとんど何も言えなくなる。

　そうこうしているうちに父は怒りの限界を迎え部屋を飛び出していった。

　一度は父を止めてくれた母に頼るが……。

「お母さま、せめて一か月、いいえ、一週間でも伸ばしてくれるなら私も覚悟を――」

「……好きなようにしなさい。私はもう知りません」

同じく部屋を出る母。

残ったのはもう、乳母だけだった。

「そんな……ばあや！　どうすればいいの……。こんなの……何かいい方法はないの⁉」

「そうですね、ありますとも。いいですか、お嬢様。ロミオ様は追放。お嬢様を妻と呼ぶ日が来ることはないのです。仮にヴェローナに戻ってきたとしても、大手を振っては戻ってこられません。ですから、もうこうなった以上は伯爵様と結婚なさるのが一番です」

乳母ももう、味方にはならないようだ。

それどころかもうジュリエットを振り切らせるためにこんなことまで言い出す始末だ。

「いいですかお嬢様。伯爵様は本当に素敵なお方ですよ！　ロミオなんかあの方に比べればその辺に転がってる石にも満たない。あの綺麗な青い目、その精悍《せいかん》さは鷲《わし》だって勝てませんよ。この結婚でお嬢様は絶対に幸せになります。間違いありません。だって前よりずっといいんですから。追放です。それはもう死んだも同然。死んで離れ離れならもう役になんてたたないじゃあないですか」

　これがジュリエットの幸せを願ってのことであろうという予想は樹里にも立つが、それを許容できるだけの余裕は今の樹里にはなかった。

「本気なの？」

「もちろん」

「……わかったわ。お母さまに伝えて。お父様を怒らせてしまった懺悔《ざんげ》を、ロレンス神父のもとで行って赦《ゆる》しを受けてきますと」

「それがいいですよ」

　そう言って乳母が部屋を離れていく。

突然の理不尽《りふじん》な結婚。そして誰も味方になってくれないこの状況が樹里を追い込んでいく。

「これがこの時代の普通なの……？　望まないのに突然三日後に結婚。しかも従兄が死んだばかりのときに？　それを止めないどころか、こんな……ばあやなんて、この前までほめていたロミオをここまでこき下ろすなんて……」

　味方がいなくなった樹里。

頼れるのはやはりもう、ロレンス神父だけになってしまったのだった。

◇

教会に足を踏み入れるとほっとする。

ロレンス神父だけが樹里の唯一の味方だからだ。

しかし神父の隣にはもう先客がいた。パリスである。

「おや」

パリスは樹里を見ると嬉しそうに笑顔を浮かべた。

「愛《いと》しい妻ではないか」

と言われてもパリスと話をするのは初めてである。結婚はあくまで家同士の問題だから本人はあまり関係がない。

あくまで政治の道具であった。

表情からしてパリスに悪意はない。美しいジュリエットを妻にできて嬉しいというところだろう。

結婚に恋愛を持ち込む樹里のほうがこの世界ではおかしいのである。

そしてロレンス神父にしても、樹里が富雄にこだわる気持ちはわからないのだろう。

「神父様のところに懺悔に？」

「……ええ」

樹里からすればパリスの存在はひたすらに邪魔なものだった。

とはいえ、この時代に照らし合わせるならばパリスに罪はない。

「そうですか」

にっこりと笑いかけてくるパリス。確かに乳母の言った通り、青い瞳《ひとみ》が美しい、芸術品のような顔立ちをした男だった。隣に立つだけで意識せずともドキドキさせられるような、そんな見た目。

だというのに、樹里はある種の気味の悪さを感じていた。どれだけ美しい見目であったとしても、受け付けられない何かがあった。

「神父様には私を愛しているとしっかりお伝えください」

「えっと……」

「かわいそうに、泣き腫《は》らした跡が見える。綺麗な顔が台無しじゃないですか」

「いえ……別にこれは……」

「その顔はもう私のものだというのに、これではあんまり」

ゾッとしたものが背筋を走った。

樹里が感じた気味の悪さはこれだ。

「私はまだあなたのものでは……」

「そうですね。木曜日が楽しみです。早朝にはもうお迎えに上がりますから」

にっこりと再び微笑《ほほえ》んだパリス。

もうそこに美しさなど感じることは樹里にはできない。樹里の中でパリスは、ただただ邪悪で、気味の悪い何かになってしまっていた。

逃げるようにロレンスを頼った。

「神父様、今お時間は？　ミサまで待った方がよろしいでしょうか」

「問題ない。伯爵殿、しばらく時間をいただいても？」

「もちろん、お仕事のお邪魔はしません。名残《なごり》惜しいですが私はこれで……お二人とも、木曜に再びお会いできるのを楽しみにしていますので」

パリスが優雅《ゆうが》に一礼して去っていく。

なんとか出ていくまで耐えた樹里は扉を閉めると泣きそうになりながらこう伝えた。

「神父様。どうしたら……！　私は……」

「ジュリエットよ、悩みは聞かずともわかる。木曜にはあの伯爵殿と結婚、延期も取り消しも認められなかったと……」

「はい……」

「ふむ……となるともう良い手段が見当たらんな」

「そんな……」

もはや樹里が頼れる先は神父だけ。

その神父があきらめたということは、樹里にとってももう終わりということになる。

「……私もロミオとともにこの町を出ます」

「不可能だ。モンタギュー、キャピュレットの両家が本気を出せばたちまち捕まってしまおう」

「なら……」

やはりここは原作通りにするしかないらしい。

ただ生きて、あの伯爵のものにされるくらいならば……。

「短剣でというのは勇気がいりますが……ロミオを殺すために用意しろと言われた毒を私が飲めば……」

「待て。早まるんじゃない。そうまで言うなら一つだけ、方法がある」

「本当に？」

「ああ、だが命を賭《か》けねばなるまい。気が進まなかったが……」

「ロミオと離れあのパリスとの結婚を迫られるくらいなら、命などいくらでも賭けます」

決意に満ちた樹里の表情に神父も意を決した。

「ならば……いいか。よく聞きなさい。今から家に戻り、まずは結婚を承諾《しょうだく》するのだ。もう結婚までの日もないし懺悔を行うと言って一人で眠りなさい。乳母とも部屋をわけるのだ」

「わかりました」

もとよりそのつもりであった樹里にとって問題はない。

問題はここからだ。

「これを」

ロレンスに差し出されたのは一本の薬瓶。

それを見た瞬間に樹里は物語の流れを思い出した。

「これ……仮死状態になる薬ですか？」

「どこでそれを⁉　いやそこではない。いいか、この薬はたちまちお前の脈を止め、生きているしるしを消してしまう。仮死状態は四十二時間つづき、その後よみがえるのだ。よみがえったとき、お前はきっと慣例に従って晴れ着で、顔には覆《おお》いはなく棺《ひつぎ》に乗せられているだろう。先祖代々のキャピュレット家のものたちが眠る古い霊廟《れいびょう》の中だ」

「霊廟……」

つまり墓。

ジュリエットがそうされたように、周囲の死体は腐敗し土にかえるまでそのままなのだ。

「成功すればロミオはお前をマントヴァに連れていくため迎えに来る。だが気まぐれに心揺らいだり、その勇気がくじければ……」

「大丈夫です。やります」

「よかろう。では首尾《しゅび》よく成し遂《と》げよ。気丈に振る舞ってくるのだぞ」

物語のピースが揃《そろ》った。

仮死の薬は間違いなく発動するし、ジュリエットはきっと霊廟で目を覚ます。

そこまでは物語と同じだ。

あとは……。

「富雄……」

勘違いと行き違い。

その原因はわからずとも、結果さえ知っていれば問題はないはずだ。富雄を信じて樹里も、物語の流れに乗ることにしたのだった。

◇

「ああお嬢様、懺悔からお戻りに」

「ほお……どこをほっつき歩いておったのだ」

樹里が家に戻ると、キャピュレットがあわただしく召使いたちに指示を飛ばしていた。

結婚式の準備を進めていたことがわかる。

樹里はロレンス神父との話の通り、こう告げた。

「お父様に背《そむ》いた罪を悔い改め、こうしてお許しを請《こ》いたく。どうかお許しを。お父様の言いつけの通り動きます」

「そうかそうか。よし、すぐに伯爵様のところへ使いを！」

「ロレンス神父の庵でお目にかかりました。もうお伝えしております」

「ほほう、それはなにより。いいだろう立ちなさい。こうでなくては。さあ早く伯爵にお会いしたい。しかしこれも神父様に諭していただいたおかげか。まったく町中の大恩人だ」

上機嫌になったキャピュレットを見てほっとする。

「ばあや、一緒に部屋で衣装選びを手伝ってくれるかしら」

「あら、まだ時間はあるでしょう。もうすぐ日も暮れますし」

「いや、いいだろう。手伝ってやってくれ」

「それじゃ準備が……」

「なに。私が駆けずり回るさ。問題なかろう！　今日は寝ずに動き回れるからな！　さあお前らも準備を進めて来い！　すっかり気が晴れたぞ！」

すっかりご機嫌なキャピュレットのおかげでひとまず今日の目的の達成に一歩近づいたのだった。

◇

「ばあや、お願いがあるの」

「はいはいなんでございましょう。ああそれにしても、お嬢様が心を入れ替えてくださるなんて！　そして衣装までご一緒に選べるなんて！　ああ本当に、長生きするものですね！」

テンションが高い乳母と部屋で準備を進める。

とはいえこの世界の婚礼の準備などなにもわからない樹里はほとんど任せきりだ。ましてこの婚礼は、本番を迎えないのだからやる気も出ない。そんなことより大事なことが今の樹里にはあった。

「ばあや、今夜は一人にしてほしいの。今日は懺悔をしてきたけれど、それでもまだたくさんお祈りをしておきたいから」

「なんと。ああ殊勝《しゅしょう》なことで。わかりました。ああ、誰かいらっしゃいましたよ」

「入るわよ。忙しいかしら？　何か手伝うことは？」

「お母さま」

現れたのはキャピュレット夫人。

「木曜の式に必要なものはすべて整いました。今日は一人にしてほしいとお話ししていたんです」

「あら」

「奥様！　お嬢様は今日は懺悔の続きだそうです！」

「なるほど。でもしっかり休むのよ?」

「ええ。お母さまも。ばあや、今日はお母さまの御用をお願い」

「かしこまりました。さあ奥様。素晴らしい日のために準備を」

二人が部屋を出ていく。

これでようやく、言われた通り一人になれたわけだ。

あとは薬瓶を飲めば、次に目覚めたときには富雄が連れて行ってくれるはず。

だがやはり……。

「怖い……」

物語ではちゃんと薬は効いていた。だが仮死とはいえ四十二時間だ。その間、何が起こるかもわからない。

樹里からすれば、もしかすると眠ったまま終わる可能性すらあるのだ。

「でも私は、一度は死んだんだから……」

これだけが樹里の心を支えていた。

だが樹里の心に住まう不安の種は根を広げるようにどんどんといろいろな可能性を生み出していく。

「物語と違ってもし薬が効かなければ……」

もしその時は、と、短剣を懐に隠した。

樹里の不安はまだ尽きない。

死んでいる間に何をされるか……火をくべられる文化ではないとはいえ、樹里の感覚で死後四十時間もあればそうなってもおかしくない。

それにロミオが迎えに来る前に目が覚めたらというのも、恐ろしい話ではあった。

「古いお墓で……埋葬《まいそう》された先祖の骨がぎっしり……それに……」

恐ろしいのは骨だけではなかろう。

キャピュレットの関係者のための霊廟ということは、まさに死んだばかりのティボルトが眠っているのだ。

血まみれのティボルトと墓。考えただけで眠るのすら恐ろしくなるほどだ。

そこまで考えて、逆に樹里は考えるのをやめることにした。

「眠っていれば……すべて片がつくなら……」

あとはもう、富雄を信じて、樹里が勇気を出すだけだというなら。

「富雄……」

勇気をもらうためにそうつぶやいて、一気に薬瓶を呷《あお》った。

幕間

うまくいきそうだ。

富雄《とみお》はこれからのことを考えた。それにしても、樹里《じゆり》との駆け落ちに未来はあるのだろうか。この時代において貴族が駆け落ちしても待っているのは苦労だけである。

ジュリエットと結婚さえしなければロミオはそれなりに幸せに暮らせるだろう。

追放といっても実家の力があればそんなに困難はない。ただし樹里と駆け落ちしたら自分たちで生きていかないといけないというわけだ。

昔からそうだった。

富雄はモテる。樹里を選ぶ理由などなにもない。美少女といっても顔などは慣れてしまえば同じようなものだ。

実際なぜ樹里を好きなのか富雄にもわからない。

わかっているのは「好き」ということだけだ。これは感情だから理由はいまひとつわからない。

ただ、樹里と話しているのが一番楽しい。

その感情がどこから湧いてくるのかは富雄にもわからなかった。

そんな感覚のために人生を賭《か》けるのは馬鹿馬鹿しい。頭ではわかっているが、心が樹里を求めてしまうのだ。

思っているより自分が愚《おろ》かだと思いつつ、その愚かさは案外嫌いではない。

いずれにしても樹里と生きることにしよう。

あらためて決めるとゆっくりと立ち上がったのだった。

第三章　結末

「ロミオ様、いらっしゃいますか？」

「来たか！」

マントヴァに潜んでいた富雄のもとに、待望の使いがやってきていた。

だがもともとロミオの従者であったバルサザーはモンタギュー家の捜索人であり、神父・ロレンスが出した使いではなかったが、富雄には事情がわからない。

「ロミオ様、悲しいお知らせでございます」

「悲しい……？」

「ジュリエット様がお亡くなりに。亡骸《なきがら》はキャピュレット家の霊廟《れいびょう》です。永遠の魂は天使たちのもとへ。この目でご一族の墓所に納められるのを見てきました。結婚を行うはずだった朝に冷たくなって発見され、皆様それはそれは取り乱して……」

申し訳なさそうに語るバルサザーに富雄は笑いかけておいた。

「つらい役目をありがとう。来たばかりで申し訳ないけど、馬を用意してもらえるかな？」

「馬を……？　何をお考えで？」

「俺《おれ》はジュリエットの夫だ。妻が眠る墓に行くべきだろう」

「なっ！　こらえてください。何かただならぬことを……!?」

「ただならぬことかもしれないけど、心配する必要はないから」

これが物語のロミオならきっと取り乱したんだろうと富雄は笑う。

結末を知っている富雄にとってみれば、これは順調にことが運んだ印だった。

「さて……」

ロミオも準備をすすめ、キャピュレットの霊廟を目指していったのだった。

「よし。ここまででいい。つき合わせて悪かった」

「いえ……ですがご主人さま、何を……？」

バルサザーに馬を用意してもらったところ、心配したバルサザーは霊廟の目の前までついてきていた。

だがこれからロミオがするのはある意味では墓荒らしだ。

それも金品ではなく、眠っているジュリエットを運び出すという大仕事。巻き込むのはかわいそうに思ったロミオはここまでバルサザーに金を持たせて突き放した。

「これからすること、何を見て何を聞いても近寄るんじゃないぞ。しっかり離れて、俺のことも忘れるんだ。いいな？」

「ですが……」

「大事な用を済ませたら終わる。大したことじゃない」

「わかりました。決してお邪魔はしません」

「ああ。世話になったな」

バルサザーが離れるのを見て、ロミオが霊廟に近づいていく。

心配したバルサザーは実のところ近くに隠れたままだったが、気にせず富雄は墓に手をかけた。

そこで、予期せぬ人物に声をかけられる。

「追放されたモンタギューがここに何の用だ」

「お前は……」

「そこに眠るジュリエットの夫になるはずだったパリスだ！　そしてお前が殺したティボルトの親戚《しんせき》になるはずだった。ここに来て亡骸にまで辱《はずかし》めを加えに来たのか！」

「違う、俺は……」

厄介《やっかい》な状況になったと富雄は歯噛《はが》みする。

「お前を捕らえて、大公様に突き出す！」

「くっ……」

唐突に剣を繰り出してきたパリスに応戦せざるを得なくなる富雄。

お互い剣を抜いて、そこで初めて富雄が違和感に気付いた。

「これは……」

「くっ……ははは！　気づいたか！」

この時代で富雄が剣を抜いたのはこれで二回目。

一度目のティボルトとの戦いでは、ほとんど意識がないながらもその剣の軌道をはっきり目にしている。

だが富雄からすれば実のところ、この時代の剣は恐怖心さえ捨てられれば脅威《きょうい》ではなかった。

だから二人の間に入ることも出来たし、剣を叩《たた》き落とそうとする余裕もあった。

だが……。

「これは……！　お前も！　別の時代から来たのか！」

「今更気づいたところで遅い！　門真！　お前のせいで俺の人生はめちゃくちゃになった！　お前さえいなければ！　お前が……！」

剣に力がこもる。

細剣ではあるが、二人の動きはもう剣道のそれに近づいている。

「何で俺の名前を……」

「わかるさ。覚えているか？　俺はお前に負けたせいで、人生をめちゃくちゃにされたんだ！」

鍔迫《つばぜ》り合いを弾《はじ》き飛ばしながらパリスが叫ぶ。

「門真！　俺を！　寺島満《てらしまみつる》を覚えてるかぁああ！」

ガンッと、本来の用途ではない上段からの斬《き》りつけを受け止めながら富雄は考える。

だが思い出せない。いや、どこかで聞いたことはあるはずなのだが、この異常な状況では簡単に出てこないのだ。

だがその事実がまた、パリスの、満の神経を逆《さか》なでする。

「くそがぁあああ！」

「落ち着け！　話が見えない！」

「お前に負けたその日から！　俺は全部を失ったんだ！」

問答無用で斬りかかってくる満になんとか富雄も応戦する。

「お前に負けたあの日から！　俺を宝物のように扱ってた俺の親は……いなくなった！」

「どういうことだ……!?」

青い瞳《ひとみ》はもう獰猛《どうもう》な獣《けもの》のそれと同じように血走っていた。

寺島満が死んだのは、樹里と富雄の死より五年以上前の話だった。

小学校時代、負けなしの成績で両親の、特に母の自慢の種であった満は、めきめき力をつけて連戦連勝、全国区の実力を誇る剣士になっていた。

だがある日、突然現れた富雄にあっさりと敗北する。

たった一度の敗北。当然それまでも、すべての試合に勝ってきたわけではない。だがそれでも、満にとって富雄への敗北は忘れられないものだった。

競技を始めて数か月のまだ初心者だった富雄に、あっさりと惨敗《ざんぱい》を喫《きっ》したのだ。

シード権もなかったこの頃《ころ》の富雄は、満にとってみれば負けるわけにいかない相手だった。

だが、負けたのだ。

息子の強さを結果でしか見ていなかった母はひどく失望した。もともと息子を自分を着飾《きかざ》るための装飾品《そうしょくひん》のように扱っていた母の愛は急速に冷え込み、両親の仲も悪化して、結局満の両親は離婚。

押し付け合いののち満は父に引き取られたが、ひどければ数日家を空《あ》ける父に放置された満は、体調を崩《くず》した時に助けも呼べずに死んだ。

死に際に見たのは、かつて母が出演していた劇のパンフレットだった。そこに映っていた、とても豪華な装飾に包まれた、美しい男。自分も、そうなりたかった。そうなりたいと、願った――。

「そもそもお前がいなければ、ジュリエットは俺のものだったのに！　お前は向こうでも、こちらでも邪魔をしやがって！　お前のせいでジュリエットは死んだんだぞ！」

言いがかりもいいところだ。

「ティボルトも役に立ちやがらなかった！　お前は俺が！　殺す！　この悪党め！」

「ティボルト……？　お前まさか」

「ああそうだよ！　お前にティボルトをけしかけたのは俺だ！　ほかにもいろいろ手を打っていたのに……全部無駄にしやがった！　だがここで終わりだ。ここでお前を殺しても、誰も文句を言わないからなっ！」

ガンッと激しい音が鳴り響き、パリスの剣がロミオの剣を叩き折る勢いで押し込んでいく。

満の逆恨みが原因で、マキューシオが死んだ。

そしてティボルトを殺してしまい、富雄も物語に巻き込まれていった。

ずっと物語そのものが問題だと思っていた富雄にとってみれば、わかりやすい元凶がようやく目の前に現れた形だ。

話を聞くために防戦一方になっていた富雄も、ようやく動くことを決意した。

「せめてお前は俺が倒す」

「来い！　お前を超えて俺はこの世界で！　すべてを手に入れる！」

一度距離を置いた二人は、細剣を持ちながらも自分が最も慣れ親しんだ型にもどる。

中段に構え合った二人の姿は、言いつけを守らず近くから覗《のぞ》いていたバルサザーには異質に見えたことだろう。

そしてバルサザーの目には、次の瞬間二人が消えたように見えたかもしれない。

交差する一瞬で、様々なことが起きていた。視線、足さばき、フェイント。あらゆる情報が二人の頭を駆けめぐる中で、一つだけ富雄にとってイレギュラーが起きた。

パリスが、突如《とつじょ》として見たことのない構えを取ったのである。

その一つが、すべての結果を狂わせた。

「がっ……」

倒れたのはパリスだった。

「俺は……お前を……」

それだけ言って、ロミオに向けて伸ばした手が地面に落ちていった。

「くそ……」

ばたっと、パリスの動きが完全に止まる。

だが、ロミオも無事では済まなかった。

「樹里のところに……」

元凶を倒し、墓は目の前。

あとは樹里を連れ出すだけだが……。

「ごめん……」

霊廟で横たわる樹里の隣にたどり着いたところで、ロミオもまた、パリスに受けた一撃で命を落としたのだった。

◇

「どうして……」

目を覚ました樹里の前に広がっていたのは惨劇《さんげき》の跡だった。

駆けつけていた神父も間に合わず、二人の死体が転がっている。

「神父様……これは一体……」

「何も聞くな。夜警が来る前にここを出よう」

「……いえ。私の隣でロミオが死んで、あちらにはパリスが。状況はおおよそ理解しました」

「ならすぐに……ほら、先に外で待っているからな」

「わかりました……」

生気なくそう答えた樹里の手元には、己が持ってきた短剣があった。

「ありがとう、富雄、私のために。せめて、寂《さび》しくないように、私も……」

夜警が駆けつけ、大公やモンタギュー、キャピュレットが現れたときにはもう、ロミオもジュリエットも、そして大公の親族であるパリスもみな、死に絶《た》えていた。

どの家も大切な存在を失って、物語の幕が閉じられた。

第四章　二周目

「そう、その婚礼のことです。今話そうとしていたのは。ジュリエット、あなた婚礼のことはどう考えているの？」

目を覚ました樹里を待っていたのは、どこかで聞いたことのあるセリフだった。

「えっ……そんなこと考えたことも……憧《あこが》れくらいで……」

考えるより先に答えが出てくる。

周囲を見渡して情報を整理した。

今はもう見慣れた家具を見て、樹里は確信することになる。

また戻ってきていると。

「憧れ！　私一人がお乳をあげていたならこの知恵も私から吸い取ったと言えるのに」

「考えたことがなかったなら、今考えてもらうわ」

知っている会話の流れ。

この状況が二回目だった樹里は、必死に頭を回転させながらも会話を成立させる。

ここからどう動けばいいか……だがいかんせん、情報が足りな過ぎた。

ほとんどのことは樹里が知らないところで起きていたのだから。

「まずは富雄に会って、情報を……」

「いいかしらジュリエット？　あのパリス殿があなたをぜひ妻にと言ってくれているのですよ」

「まあ！　あんなに立派な人が！　お嬢様！　ねえ奥様！　あんな男の中の男、まるで非の打ちどころのない方じゃないですか！」

あのパリス殿と言われて、今度は誰《だれ》かしっかりとわかる。

適当に話を合わせて、舞踏会の準備を始めたのだった。

◇

初めの挨拶《あいさつ》も、そこで前に立たされたことも含め、二回目ながらも慣れない空気の中なんとか樹里はジュリエットとしての行動を完了させていく。

ロミオとジュリエットが出会ってから死ぬまで、物語はなんとたったの五日で終わるのだ。

一日も無駄にできない。

そもそも確かめるべきことも多いのだ。まず富雄が同じように戻ってきているのか。そしてこの舞踏会に現れてくれるのか。さらに……どこまで物語をなぞることができるのか。

一周目、富雄とは物語の結末を変えるためにお互いに動いたはずだった。

だがそれをあざ笑うかのように、見事に二人は物語の通りの結末を迎えた。

この原因がわからない限り、何をしたって永遠に死に続けると樹里は考えていた。

いやそもそも、もうあと何度死のループが許されるのかすらわからない……。

「今回で決める……」

そう決意した樹里のもとに、一回目と同じように、ロミオが、富雄が、その姿を見せたのだった。

◇

限られたダンスの時間をぎりぎりまで使ってお互いの情報を交換した。

「嘘《うそ》……パリスが……？」

「ああ」

「いや……でもそれなら……」

ことの顚末《てんまつ》を聞いた樹里は考える。

自分たちが死ぬのは五日後。

ここから逆算して、どうすればあの結末を避けられるかと。

「まず誰も死なせちゃいけない……ティボルトも、マキューシオも。きっと、私たちだけじゃ駄目なの。物語を悲劇じゃない、ハッピーエンドに変えないと」

「ああ」

「そのうえで……パリスを……」

最大の問題はそこだ。

パリスも転生者となると今回もどうなっているかわからない。

「出来れば先手を打ちたいわね」

「先手を？」

「ええ。私たちの死が両家の和解につながったかどうかは、結末まで見ていないからわからないけれど、あそこまで物語と同じなら大丈夫なはず」

「なるほど。でもどうやって？」

「仮死の薬、あれが本物だったから、うまく使えば……」

「そうか！　二人とも仮死状態になれば同じ状況を作れるのか！」

たった五日で物語が終わるのだから、時間をかけてどうこうする必要はないだろう。単純に二人の死で和解できる程度には、両家の溝《みぞ》はきっかけ次第で埋《う》まるものだし、そのきっかけになるくらいには、二人の命は大切なのだ。

言うことを聞かない娘とののしった父のキャピュレットも、あれはあれでジュリエットを大切に思っていた。

「なら前回と同じだ。ロレンス神父のところに俺《おれ》が話を付けてくる」

「いえ、私も行くわ」

「樹里も……？」

「ええ。さすがに二人で街を移動はできないけど、現地で同じ時間に。前回思ったんだけど、スマホもない状況だと情報の共有が思ったより大事だったから……」

樹里の言う通り、距離がそのまま情報の伝達速度に影響するという状況は二人にとっては深刻なものがあった。

現代とのギャップで一番大きな問題は実はこれだ。

「なるほどな。俺は前回、このあと樹里のとこに行って、そのまま明け方に神父様の庵《いおり》にいった」

「じゃあこの舞踏会が終わったら、二人で行きましょう」

「このあとか!?」

「パリス――寺島満も二周目を生きているとしたら、どう動くかわからない。できるだけ、先手先手をとっていかないと」

「それもそうか……」

富雄も真剣な顔で頷《うなず》き、覚悟を決めた。

◇

「縄ばしごまで用意してたのか」

「今回は私も動くつもりだったから」

そう言いながら、真っ暗な森にバルコニーから降り立つ。

乳母には一人にしてくれと頼んでおいたし、前回の記憶があるから、早朝に戻っていればいいことはわかっている。

それに何より……樹里自身、自分が思っていた以上に不安を抱えていることを今になって自覚していた。

縄ばしごをゆっくり降りていく。暗いことが幸いして恐怖心はないが、はしごは作りも心もとなく、一刻も早く下に行きたくなるような焦りが生まれていた。

そんな中突然風に煽《あお》られ……。

「えっ……きゃっ……」

「っと……」

富雄が軽々と樹里を抱きかかえる。

「ありがと……こんな中でよく見えたわね」

「何となく樹里は落ちそうだったから」

「なんでよっ」

そんなやり取りをしながらも、腕に抱かれたままの樹里の心音は高鳴り続けていた。

「さて、じゃあ行くか」

「あ……」

「ん？　ああ、手くらいはつないで行こうか。暗いからな」

さらっと手を取って歩き出す富雄についていく。

こういうところがずるいなと思いながら……。

◇

「こんな時間に何事かと思えば……驚いたな。まさかそんな組み合わせで現れるとは。時間も含めただごとではなさそうだな」

ロレンス神父は突然の来客でも嫌な顔もせず二人を迎え入れた。

前回の記憶がある二人と違って、ロレンス神父からすれば信じられない組み合わせだろう。町を二分する天敵と言える両家の唯一の子どもが二人でやってきたのだから。

「さて、用件を聞こう。そう長居もさせられまい」

時間も時間だ。心配する神父を相手に、まず口を開いたのは富雄だった。

「単刀直入に。私をジュリエットと結婚させていただきたいのです。神父様なら、明日……いや、今すぐにでもできるかと」

「ふぅむ……これは驚いた」

ここまでは富雄も前回聞いたセリフだった。

だが……。

「まさかパリス殿の言った通りになるとは」

「なっ⁉」

先を越されていたことに焦る二人。

神父はそのまま続ける。

「パリス殿は私に予言をしたのだ。二人の前で出す名でもないかもしれんが、ロザラインに熱を上げていたロミオが急に別の女と結婚したいと言い出すと。それだけでも信じられんかったが、その相手が仇敵《きゅうてき》、キャピュレットの一人娘と聞いた。正気を疑ったが、こうなるとパリス殿の恐ろしい予言を信じざるを得ん」

やられた、と内心後悔する樹里だが、同時に冷静さも失わず、神父に尋ねる。

「パリス様は他になんと？」

「ふむ……まあよかろう。その後の行く末をすべて、まるで見てきたかのように語ったのだ。まずジュリエット、お主の従兄《いとこ》が、ロミオに殺されるとな。決闘状を叩《たた》きつけられたロミオが返り討ちにすると」

「それは……」

「このままではお主らも、大公の親戚《しんせき》であるパリス殿も命を落とす争いになるという。

そしてそれを、パリス殿なら止められるとも」

「……」

完全に後手に回ったことになる。

これでは物語の流れに乗せられないどころか、自分たちは……。

「お主らの結婚は認められぬ。ジュリエット、お主はパリス殿と結婚するのだ。ロミオ、つい最近までロザラインに熱を上げておったお主だ。此度《こたび》の件は気の迷いと思って諦《あきら》めよ」

「神父様っ！」

「食い下がられても私はこの町で惨劇を起こさせるわけにいかんのだ」

富雄が必死に神父へ訴えかけるがどうしようもない。

その様子を見ていた樹里が、静かに口を開いた。

「神父様、パリス様の予言が外れれば、私たちの結婚を認めてもらえますか？」

「ん？　しかしな……」

「おそらく、私の従兄はすぐにロミオへ決闘状を送り付けるでしょう。パリス殿の予言ではそれを受けたロミオが殺すと言っていましたが、受けたうえで、誰も殺さずに話がまとまれば、私たちを認めてください」

「ならぬ。お主がパリス殿と結婚すれば……」

「そうなれば、大公の親戚とキャピュレットが深くつながることになります。パリス殿が抑え込んでいる間はいいですが、そのあとは？　この町にはずっと、モンタギュー家とキャピュレット家の禍根《かこん》が残り続けます」

「ふむ……」

「私たちが結婚すれば、両家の和解のこの上ない証《あかし》になります」

「なるほど……だが、決闘を受けて両者は無事で済むのか？　決闘などない形が一番よかろうて」

「だめなんです。それでは私の従兄はロミオを認めません。当然父も。それに決闘を挑むほどの相手、放っておけば関係なく争いは起こります」

「決闘を受ければそれが変わるとでも？」

「ええ。ルールの中で決闘を行えばよいのです」

「ルール……？」

「殺し合いではなく、勝敗をつけるためのゲームにするのです」

「それは……ほうほう。面白いことを考えるな」

　ここまでしゃべって、樹里は富雄に目配せをする。

富雄も頷《うなず》いて続いた。

「ティボルトのことは実はよく知っています。私とよく一緒にいるマキューシオとベンヴォーリオとともに、このゲームに巻き込んでしまえるかと」

「聞いておるだけで頭が痛い名が並んでおる。特にマキューシオなど、ティボルトと鉢合《はちあ》わせてはならんだろうて」

「だからこそです。あの三人なら私が剣で負けることはありません。そもそも私はティボルトと争う意思はありませんから、あの三人の和解が両家の和解の第一歩になるかと」

「なるほど……」

しばらく考え込む神父を、二人がかたずをのんで見守る。

そして……。

「ふぅむ……確かにお主らの言う通り、パリス殿が抑え込むだけでは状況は改善せぬし、争いを止められるかはわからぬ。パリス殿の予言が外れ、それがより良い方向に向かうというのなら、お主らを認めることとしよう」

「よしっ！」

「だが……時間はないぞ。パリス殿は結婚を急《せ》いておる。さすがにお主らのように、今着て今やれとは言わんかったがな」

　そう言ってロレンスが笑う。

「私たちも時間をかけるつもりはありません」

「ええ、明日には神父様に良い報告を持ってきます。だから明日……」

「わかった。お主らがうまくやったときは、私も全霊でもって協力する。それよりもう時間も時間だ。今日は帰ったほうがよかろう」

　神父に促され、二人も同意する。

　しっかり樹里を夜明けまでに送り届けてから、富雄も準備のためにモンタギューの邸宅《ていたく》に戻っていったのだった。

◇

「富雄はうまくやるかしら……」

　目を覚ました樹里は不安そうにつぶやく。

　二日目は本来、ロミオとジュリエットが結婚した日だった。だが今回は先にティボルトとの問題を解決しなければいけない。

「失敗すれば……」

最悪の可能性が頭をよぎる。

結婚という事実がない以上、ロレンスの協力は望めない。となれば、今日ティボルトを殺さず和解するのが、ロミオとジュリエットが結ばれるために必要な絶対の条件になるのだ。

「そろそろ……」

富雄がマキューシオとベンヴォーリオと合流し、ティボルトと鉢合わせた頃《ころ》だろう。

前回はパリスがティボルトをけしかけたが……。

「今回は私が……」

すでに決闘状を出していたティボルトに、ロミオの居場所を教えたのは樹里だ。どうなるかは火を見るよりも明らかだが、そうしてくれと頼んできた富雄を信じるしかない。

頃合いを見て乳母を送って状況を聞く手はずにしたが……。

「……こんな漫画みたいな作戦でうまくいくのかしら」

今回の話は端的にいうなら、仲の悪い男友達を河原で殴《なぐ》り合いをさせたのち意気投合させるという、非常に古典的な漫画的手法に期待したものだった。

ここに関しては出来ることもないので富雄を信じるほかない。それに樹里にはこの時間でやることがあった。

まだ富雄にも言っていなかったが、パリスの転生前の寺島満――この名前に引っ掛かりを覚えていたのだ。

寺島……富雄は覚えているかはわからないが、門真家に新しくやってきた母親の旧姓だった。樹里に富雄からの手紙を渡してくれた、あの女性。

ただ流石《さすが》にいくらなんでも、それだけで決めつけるわけにもいかない。

そんな偶然があるかと疑った樹里は、記憶を手繰《たぐ》り寄せながら満に関する情報を整理していく。これが満というこの物語に現れたイレギュラーに対抗するために必要であると確信を持って。

「スマホがないのがこんなにもどかしいなんて……」

情報源の何もないこの世界では自分の記憶だけが頼りだ。

必死に、何かのきっかけがないか考えこんでいた。

◇

その頃、富雄は手はず通り、ティボルトと鉢合わせをしていた。

「ふん。おいロミオ！」

マキューシオとの口論の途中だったティボルトは、現れたロミオにすぐ狙《ねら》いを切り替える。

「貴様に対する言葉はこれだけだ。貴様は悪党だ。決闘に応じろ！」

二度目のやり取り。

富雄は前回ここで渋《しぶ》ったせいで、マキューシオを怒らせ二人が争うことになった。

今回は違う。

富雄は――ロミオは真っすぐティボルトに相対してこう宣言した。

「悪党とは散々だな。だが残念ながらお前と殺し合いをするつもりはないんだよ」

「おいロミオ！　お前逃げる気か⁉」

マキューシオが後ろから声を荒らげる。

「いいや。殺し合いをするまでもないってことさ。ほれ、俺はお前程度なら、この木剣で十分だ」

「貴様……！」

ロミオの挑発にまんまとティボルトは乗っかる。

富雄にとってみればこの面々は、落ち着いてみれば前世の年齢でも精神的にも年下なのだ。彼らはロミオはじめ皆十七歳、かたや富雄は十八歳。この年齢における一年の持つ意味は非常に大きい。自らもエースとして活躍した富雄にとって、三人は、心に余裕をもって見れば可愛い後輩なのだ。

「あはは！　こりゃ傑作だ！　いいじゃないか、それでこそロミオ。だが、勝てるのか？　あいつは口は悪いが実力は本物だ。教科書通りのその型をやり切るだけの力がある」

「大丈夫」

一度見ているから、と心の中でつぶやく。

だが富雄はこのままここで戦っても仕方ない。

「ティボルト。お前の決闘を受けてやる。だが俺はこの木剣で十分。お前はどうだ？　手慣れた武器でないと勝てないか？　俺より強い武器じゃないと勝てないか？　真剣での決闘はご法度だ。喧嘩(けんか)もそう。だがこいつでなら、俺はお前との決闘を観客の前で受けてやってもいい。負ければお前の望み通り、悪党とでもなんとでも罵(のの)しるがいいさ」

「安い挑発だ！　だが乗ってやる！　おい、だれか木剣は？　なんでもいい。あいつを叩きのめせる、刃のない武器を寄越せ！」

取り巻きに吠《ほ》えたティボルトに、ロミオはもう一本持ってきていた木剣を投げ渡す。

カラン、と道に落ちたそれを指さしながら富雄が笑って……。

「来いよ」

「貴様ぁあああああ！」

走って拾い上げるティボルト。そのままガンッ！　と鈍《にぶ》い音を響かせて、ティボルトの渾身《こんしん》の上段からの斬《き》り下ろしが富雄の木剣にぶつかる。

あっさりと受け、そのまま鍔迫《つばぜ》り合いに持ち込んだ富雄が、なおもティボルトを挑発した。

「こんなもんか？　教科書通りの剣は木剣じゃあ発揮できないか？」

「うるさいぞ！」

ガン、ガンと何度も打ち付けられる剣。

本来突きがメインのティボルトの剣からすればあまりに荒々しい。

しばらくそんな打ち合いが続き、いつの間にかティボルトの取り巻きも、マキューシオもベンヴォーリオも、その戦いに夢中になっていた。

そしてずっと木剣を振り回していたティボルトは、慣れない動きに息が上がっていく。

「はぁ……はぁ……卑怯者《ひきょうもの》め！　お前からは何も――え？」

カラン、と。再び響いた軽い音。

吠えていたティボルトの手からはいつの間にか木剣が失われており、音の方向に転がっている。

「さて、一本目だな」

余裕の表情でのど元に木剣を突き付ける富雄。

「拾え。気が済むまで付き合ってやるさ」

「うぁあああああああ！」

限界を超えたティボルトが、獣のように叫びながら剣を打ち付けてくる。

これが富雄の狙いだった。

感情を一度爆発させなければ心は開かせることが出来ない。前世で学んだ富雄なりの、後輩への指導術の一つだ。

「お前は！　お前はぁあああああ！」

「もっとだ！　もっと来い！」

教科書を外れたティボルトの剣。

感情をすべて載《の》せた一撃一撃はそれぞれ、木剣といえどたちまち命を奪い取るだけの威力を感じさせる。

その様子を近くで見ていたマキューシオは、肌で感じ取っていた。教科書の掟《おきて》を破ったティボルトの真の力と、それをやすやすと受け流すロミオのすさまじさを。

「おいおい……あいつこんなにやれたのかよ!? それにティボルトも……」

「俺も驚いたよ。ロミオにこんな一面があったなんてな」

マキューシオに続いてベンヴォーリオも同意する。

二人の中ですでにティボルトへの憎しみとは違う、何か別の感情が芽生え始めていた。

富雄の思った通りだ。

「うぉおおおおおおお！」

ティボルトの激しい一面はその取り巻きたちにも影響を与える。

当然それらの猛攻を悠然と凌《しの》ぐロミオへの感情にも、同じく影響を与えていた。

これまで彼らが持ちえなかった感情が沸《わ》き起こるのだ。

どちらが勝つのかという興味。そしてどちらかに勝ってほしいという願望と同時に起こる、相手へのリスペクト。これもまさに富雄の狙った効果だった。

そうこうしているうちに、ティボルトの体力に限界が来る。

一方攻撃を受けるだけで体力を温存しているロミオはまだ余裕があった。そもそもの地力の差もあるが、勝負の結末は誰の目にも明らかになった。

「はぁ……はぁ……お前はどこまで俺を馬鹿にする……！」

「馬鹿にしてるわけじゃない。こっちも全力だ。じゃないとお前の剣を全部受けきるなんて出来るはずがないだろう。なぁ！　マキューシオ！」

突然の呼びかけ。だが勝負に熱中していたマキューシオはすぐさま答えた。

「ああ！　その通りだ！　俺が相手してたんじゃあんな攻撃一発二発はくらってただろうよ！　まあもっとも、俺はその間に三発は当てたがな！」

「なに……！」

「熱くなるなよ。そんな体力もうないだろう。マキューシオが言ったのはこういうことだ。『お前の実力なら俺でも二発は食らう』ってな」

「おいロミオ間違えんな⁉　俺は一発か二発って……」

「な？　本音を言い当てられて動揺してるだろ？」

「お前……何のつもりで……」

そこまで話をして、ティボルトの目からもようやくあのときのような、殺意のこもった敵意が薄れていく。

「俺は別にティボルト、お前を憎んでいない。それどころか尊敬すらしている。これだけ教科書通りの剣術を取得するのにどれだけの努力をしてきたか、俺にはよくわかる」

「……」

「こうして打ち合えばなおさらわかる。それはそっちも同じじゃないか?」

「それは……だが! お前は俺に! 俺たちキャピュレット家に与えた侮辱はどう説明する!」

ティボルトがふたたび叫ぶ。

一度緩んだ緊張の糸がふたたび張り詰めた。

だがそれに対するロミオの対応は、その場にいた誰もが予想していない行動だった。

「すまなかった」

その所作は見るものが息をのむほどに真っすぐで、有無を言わせないだけの神聖さがあった。

「な……」

「だけど、これだけは信じてほしい。侮辱の意図はなかったが、俺はどうしてもあの場に顔を出す必要があった」

「どんな事情があれば！　敵対する家の舞踏会にのこのこやってこられる⁉」

「ティボルト、お前の命を守るためだ。そしてマキューシオも！」

「は……？」

　突然の発言にあっけにとられているうちに、富雄は一息に説明をしてしまう。

「もともと敵対していた二人が今日、ここでぶつかることが俺にはわかっていた」

「そんなことがあってたまるか！」

「おいおい正気かロミオ！」

「ああ、マキューシオ。お前俺が舞踏会に行かなければ、いや俺が決闘を受けなかったら、いずれ勝負を受けていただろう？」

「それは……」

「しかも、一発か二発は入れられてたんだよな？」

「なっ……お前……」

　自分で吐いた言葉だ。マキューシオも否定は難しい。

「数ある可能性の中の一つに、先に一発入れられたマキューシオがいたっておかしくない。そう思わないか？　ベンヴォーリオ」

「なるほど。面白い話だ。で、このあとはどうなるんだ？」

すっかり富雄のペースに持ち込んだ。

そのうえで、あとやることは簡単だ。

「ティボルトとマキューシオが決闘するだろうさ。どっちが先に一発入れられるかってね」

「なるほど。それは確かにありそうな未来だ」

ベンヴォーリオが笑う。

すっかり毒気を抜かれたマキューシオに、ロミオから木剣が投げ渡される。

「さあ、気が済むまでやり合ってくれよ。俺とティボルトの間には、今確かな友情を感じている。当然マキューシオ、君ともだ。だから今度は友人同士に友情を感じてほしい」

「勝手なことを！」

「おや、逃げ出すのか？　確かに俺との戦いで疲れたティボルトには不利かもしれないな」

「そんなはずがあるか！　多少疲れていたところであんなやつに負けるか」

「おー、言ってくれるじゃねえか。なら俺もこの勝負乗ってやる！」

「よし。勝った方が相手に好きなことをさせられる、だ。ルールは簡単。有効打を入れたほうの勝ち。だが頭は狙うな。胴でやり合え」

「なんで頭を狙っちゃいけねえんだよ」

「簡単なことだ。頭に血が上った二人じゃ、頭に当たれば血が舞いすぎる。そうなったら大公様に説明ができないだろう？」

「はっ！　いいぜ。乗ってやるよ。来い！　その気に食わない面に一撃加えてやるつもりだったが、腹で勘弁してやるよ！　お前のその黒い腹の中を食い破ってやる」

「こちらのセリフだ！」

ガンッと木剣がぶつかり合う。

当然木剣同士での争いなど、現代の感覚からすれば大けがにつながる危険なものではあるが……。

「大丈夫なのか？　これで」

「ああ、二人の実力なら大ごとにしない範囲くらいわきまえられるからな」

「そうか。にしてもロミオ、お前はどこか変わったたな」

「そうかもしれないな……」

あのロミオは、もうどこにもいなくなっているのだ。

「俺は変わったお前も嫌いじゃあない。前のロミオのあの危なっかしさも嫌いじゃなかったけどな。だけど、あのままじゃいつか大変なことになってた。だから、変わったとしても、変わる前のロミオに恨まれるようなお前じゃないだろう」

ふっと、富雄の心が軽くなった気がした。

確かに物語の通りにいけば、ロミオの浅慮《せんりょ》は最悪の悲劇を巻き起こしていた。だから、これで救われるとするなら……。

ベンヴォーリオはもちろん真実など知らない。そんな中で、真理を言い当てるかのようなこの言動。

富雄は知らなかったが、今ここにいる友人たちの中で唯一物語の最期まで生き延びる人物たるゆえんが凝縮《ぎょうしゅく》されているようだった。

◇

「お嬢様」

「ばあや！　どうだったの」

「ええ、ええ。ちょっとお水を。疲れてしまって……ああ……えっと、なんでしたっけ」

「ロミオたちのことよ！　何を見てきてどうなったのかを教えて頂戴《ちょうだい》！」

「ああ、ああ。そうでしたね。ところでお水を。ピーター！　お水をちょうだい！

ええっと……ああ骨が痛い。もうへとへとですよお嬢様」

「今はそんなことより……いえ水くらいは飲んでもいいけれど……」

どこかでやったやり取りだったと思いながら、それでも樹里は待ちきれない様子で乳母を急かす。

樹里は知らぬことだが、前回と違ってマキューシオに散々揶揄《からか》われることもなく帰ってきたので乳母もそれほど鬱憤《うっぷん》が溜《た》まっていないのか、引っ張らずにあっさり教えてくれた。

いや、見てきたことを話したくて仕方ない部分もあったのかもしれない。

「そうです！　お嬢様、ロミオ様のなんてすばらしい剣捌《けんさば》き！　ティボルト様もご立派でしたが、ですがロミオ様！　男の中の男！　ああ、あんな激しく打ち付けられたら……おっと、もう少し私が若ければあんないい男、取り逃しはしないのに」

「ばあや……」

「ええ、ええ。もちろん。お嬢様の想《おも》い人に横やりいれようって言うんじゃありません。私はむしろ入れられる……おっとっと……さて、お嬢様、今日は懺悔《ざんげ》のご予定は？」

「そうね。これから行こうかしら」

いつもの様子の乳母に呆《あき》れながらも樹里は答える。

「でしたらすぐに。ロレンス神父様の庵へ。ことの顚末はもうすでに私からロレンス神父にお話ししてありますから」

「じゃあ……」

「ええ。ロレンス神父の庵で、あなたを妻にしたいという方がお待ちです。ああそれにしてもお嬢様がご結婚！　ああなんて晴れがましい。あらあらすぐに赤くなってお可愛いですね」

「もう……行ってくるわ」

「ええ、お幸せに」

乳母に見送られ、富雄のもとへ駆け出して行く樹里。

いまはただうまくいった喜びを富雄と分かち合いたくて仕方なく、自然と足取りは軽くなっていた。

◇

「驚いたな。まさか宣言通りに事をなすとは」

ロレンス神父の庵に富雄と樹里が並んで座る。

「本当に……ありがと」

「いや、俺は樹里の言う通りにしただけだから。もうティボルトは信じられる、友人の一人だよ」

樹里としては富雄の武勇伝も聞いておきたいところだったが、今はそれより神父と話をしないといけない。

ひとまずうまくいった喜びを伝えたことで満足して、神父の目を見る。

「わかっておる。話してみよ。お主らの考えを」

「樹里、頼む」

「わかった……。神父様、両家の溝は相当に深いものです。これを解消するために、私たちが結婚するだけで足りると思いますか？」

「それは……わからぬな。だが試す価値はあろう」

「ありがとうございます。でも、私はそれだけだと足りないと思うんです」

樹里が真っすぐ、神父を見据《みす》えて続ける。

「仮死の薬をお持ちですよね？」

「なぜそれを！」

「両家のわだかまりを解く方法、それはこの争いが大きな大きな被害を生み出すことを知ってもらうということです。その必要があります」

「それは……いや、お主何を考えて……」

「簡単なことです。私とロミオ、二人は結ばれたのち、一度死ねばいいのです」

「……」

黙り込む神父。

富雄も樹里も、黙ってそれを見守った。

「ふぅむ……。簡単に言うが、あの薬は恐ろしいものだ。四十二時間、身体《からだ》は冷たくなり、脈が止まり、生きている証をすっかり消し去ってしまう。目が覚める保証も……」

「あります。私は神父様を信じています」

樹里の確信をもった肯定《こうてい》。

そして何も疑わないロミオの目を見て、ようやくロレンス神父も音を上げたように

「わかった。そこまで言うのであれば、二人の婚礼を神の名のもと、執《と》り行おう。そののち、二人には死んでもらう。後のことは任せよ」

「ありがとうございます！」

これでなんとかなる。樹里と富雄は、ようやく安堵《あんど》した。

「式を行うにも準備がある。お主らは一度家に戻り、各々準備を進めてくるといい」

神父の言葉に富雄と樹里がそれぞれ頷く。

樹里もまた、この間にやることがあることは理解していた。

明日は深夜に、パリスとの結婚を強いる父が部屋に現れる日だ。

「明日、この場所で」

「ああ」

富雄と二人目を合わせ、どちらからともなく近づいてキスをした。

◇

「三日目、ね」

ここまでは非常に順調に進んでいると言えた。

あとは……。

「パリス……」

先手を取られていた部分は取り返したとはいえ、まだまだ何が起こるかわからない状況だ。

そして三日目は本来、ティボルトが殺され、ロミオが追放となり……。

「パリスとの結婚を迫られる日……」

ここから先は、一度は結婚を断ろうとするも父の反対を受け神父のもとへ、という流れでロレンス神父のもとへ向かう。

そこでロミオとも合流し、二人で毒を呷って死んだことにする。

死に場所は二人で一緒に眠るため、キャピュレット家の霊廟《れいびょう》の前ということになっている。

「あっという間ね……」

あとはもう、計画がうまくいくことを祈るしかないだろう。

気がかりなのはパリスだが、樹里はまず両家の仲を回復させることを選んだ。

パリス――寺島満に関しての情報は一度わきに置いて、準備を始めたのだった。

一方、当のパリスはといえば――

「ティボルト、よく来てくれた」

「いえ。伯爵様、どのようなご用件で……」

「なに。君も恨みがあるであろう人物について、一つ相談があってね……」

パリスもまた、虎視眈々《こしたんたん》と富雄への復讐《ふくしゅう》を果たし、ジュリエットを手にする準備を始めていたのだった。

◇

そのまま深夜になって、ジュリエットの部屋には母と乳母の姿があった。

「おい。もう伝えたのか？」

ジュリエットのもとに父、キャピュレットも現れる。

ここまでの流れはティボルトの死という問題がない分多少は異なっていたが、それでも同じ。

まず母に結婚式の日取りを伝えられ、父が現れた。

樹里は安堵する。前回と同じ流れで物語が動いたことに。

物語の流れを変えられる存在がいるとすればパリスだ。そのパリスが流れを変えなかったということは、まだパリスはこのままの流れで行けると思っているということになるだろう。

ティボルトとマキューシオの死がなくなり、ロミオの追放がなくなったことで、こちらが何かをしていることには気が付いているはずだ。それでも動かないということはここで強引に結婚にこぎつけられるとパリスは考えている……。もしくは別の策があるのかもしれないが、だとしても今はできることをやるだけだと、そう、樹里は考えていた。

「もちろん伝えました。ですがありがたいけどお受けできないと。バカな娘です」

母の声に樹里も意識を戻す。

「なんだと。おい正気か。ありがたいと、誇らしいと、恵まれてると思わんのか！出来の悪い娘だというのに、あんなに出来た男を婿にとこちらが骨を折ったのだぞ！」

何度経験しても父親に怒鳴られるというのは心臓がきゅっとなる。

それでも樹里はなるべく前回と同じ流れを作るべく応《こた》えていく。あの日の自分とは違う自分になるために。

「誇らしいとは思いません。ありがたい話かもしれませんが、嫌なことを誇りに思うことはできません」

「ありがたいのに誇らしいとは思えない。勝手なやつめ！　だがお前がなんと言おうとも、次の木曜日、パリス殿との結婚はさせる。簀巻《すま》きにして引きずってでもペテロ教会に行かせるぞ！　何も言うことを聞かぬ生意気な娘が！」

「お父様……」

「うるさい！　この親不孝者め！　いいか、木曜には教会に行くぞ。嫌なら今後二度と私の前に姿を現すな！　答えるな、返事もするな！　ああイライラする。くそ！　お前ひとりしか生まれなかったことで神を恨んだこともあったがこうなると一人でも手に余る！　いまいましい！」

　流れは一緒。

　次は乳母がかばう番だと思ったが……。

「きつく叱《しか》りすぎでは？　叔父上」

「ティボルト……お前こんなところに何をしにきた！」

　樹里も予期せぬ人物の登場に目を見開く。

「ジュリエットもまだ幼い。それにこうも怒鳴りつけては意固地になってしまうでしよう」

「ええい口答えをするな！　私はこの家の主人だぞ。偉そうに、一人前になったつもりになりおって！」

熱くなるキャピュレット。前回は乳母がこの勢いに負けたが、ティボルトは樹里に目くばせをすると大丈夫だと言わんばかりにウインクする。

ロミオといいパリスといい、顔のいい男がこうも多い物語にクラクラする気持ちになる。慣れない樹里にとってはそれだけでも心臓に悪かった。

「叔父上。ここは私にお任せください。この分からず屋な娘さんの説得、私がやってのけてみせましょう」

「なに？」

「あら、いいではありませんか。お嬢様も少し混乱されていらっしゃるんでしょう。大好きな従兄のティボルト様ならきっと説得してくださいます」

「うぅむ……」

「まだ日にちもあります。一日くらい預けてみては……？」

「よかろう。いいか。一日だ！　一晩だ！　明日の朝、この娘の気が変わっていなければ！　私が縛《しば》り付けて教会に連れていく！　わかったか！」

「はい。必ず心を決めさせてみせますから」

「ふんっ……行くぞ」

納得がいったとは言い難い様子ではあったが、ひとまず部屋を出ていくキャピュレット。

乳母と夫人も後についていった。

残されたティボルトと樹里。樹里からすれば何度か話をしただけで、そこまで深くティボルトのことを知っているわけではない。むしろ殺し合いにまで発展した富雄のほうがよく知っているくらいの状況だった。

身構える樹里に、開口一番ティボルトがこう言った。

「安心していい。俺は味方だ」

「味方……？」

不審がる樹里にティボルトが続ける。

「ロミオのやつと話をしてきた。お前たちがこの両家を縛り付けた呪《のろ》いのような不仲を打開したがっていると。俺ももう、何も考えずモンタギューの連中を憎むのはやめた。協力させてくれ」

「ロミオが……」

ロレンス神父のもとでおおよそのことは聞いていたとはいえ、まさかティボルトが協力まで申し出てくると思っていなかった樹里は改めて富雄に感謝した。

というより……。

「もうちょっとちゃんと教えておいてくれてもよかったのに……」

昔から自分の功績はあまりしゃべりたがらない性格で、そのことはわかっていたが、それにしたってこんなところでまでそうしないでくれと富雄を脳内で責める。

「どうした？　大丈夫か？」

「え？　あっ……ごめんなさい」

「気が動転したって仕方がない。いきなりの結婚、味方もいなかったんだからな」

隣に座って顔を覗《のぞ》き込まれたせいで心音が速まっていたが構わずティボルトが続ける。

さっき意識させられたばかりだが、ティボルトも顔のつくりは非常に整っていて樹里をドキドキさせるには十分な見た目をしているのだ。

「えっと……どこまで話してるかわからなくて……」

「ああそうだった。ロミオのやつはいきなりお前と結婚するとか言い出したけど……お前はどうなんだ？　もしあいつがだましているんなら――」

「大丈夫！　それは大丈夫。私もロミオを、間違いなく愛しているから」

「そうか……しかしわからないものだな。あの舞踏会で一目惚《ひとめほ》れしたのか？」

確かにティボルトからすればたったそれだけで、と不安になるほどのことだろう。

「もしお前たちが、両家の和睦《わぼく》のために望まない結婚をっていうなら……」

「落ち着いてお従兄《にい》さん。私たちは出会ってからは日が浅いけれど、しっかり心はつながってる。それに私は放っておけばどうせ、望まない結婚に巻き込まれるんだから……」

「そうか……ならいい。で、これからどうするつもりなんだ？」

「それは……」

一瞬考えこむ。ティボルトにこれからのことを伝えても、成功率が上がるわけではない。

逆に教えたことでイレギュラーが発生して、うまくいかなくなる危険性だってあるのだ。

それでも樹里は……。

「ロレンス神父の薬で、私とロミオは仮死状態になります」

「なんだそれは……そんなことが出来るのか!?」

「ええ。四十二時間、本当に死んだように眠ります。私はきっとしきたりにしたがって、キャピュレットの英霊が眠る霊廟に寝かされるから……」

「四十二時間……本当に起きるのか？」

「それは必ず。なので……」

「わかった。俺が二人を墓から助け出す」

「二人とも……？」

「ああ、一人で無理なら友人を頼るさ」

友人、という言葉には、普段連れて歩いていた取り巻きたちとは違う何かを感じさせるニュアンスがあった。

それすらも富雄が成し遂げたことの一部で、どこか樹里まで誇らしくなる。

「私は明日、ロレンス神父のもとに向かおうかと。お従兄《にい》さんは父上に、私は説得されて、罪を悔い改めるために懺悔に行ったと説明をお願いします」

「わかった」

「そのまま私は薬を受け取って、ロミオと合流してから、キャピュレットの霊廟の前で眠る予定です」

「俺が見つけて、すぐに棺《ひつぎ》に入れてやる」

「ありがとう」

すべてをティボルトに打ち明ける。

もちろん、自分たちが死んでいる間に協力してもらえる相手が必要だろうという打算もある。

だがそれ以上に、富雄が信じて、友人と言ったこの男を、樹里も信じたくなったのだ。

「なら朝は早いほうがいいだろう。四十二時間というのは長いからな。生き返るなら、少しでも早いほうがいい」

「はい」

お互い目を合わせ、頷き合う。

樹里は明日のために、そしてティボルトもキャピュレットに結果を伝えるため二人は別れた。

「さて……」

部屋を出たティボルトの表情は……。

「楽しみになってきたな」

樹里と話していた時にはおくびにも出さなかった、不安げな、それでいて不遜《ふそん》な表情を浮かべていた。

◇

「ふむ。だが急ぐものは足元をすくわれる。一歩一歩確実に進んだほうが、結果的に早くたどり着く」

次の日の朝、起きてすぐに樹里はロレンス神父の庵を訪れていた。

「一刻も早くやってきたくて……」

「おお、迷える子羊よ。そう息を切らさずともよかろう」

「神父様！」

ロレンス神父はそう言いながら、棚の奥から薬を用意した。

「いいか、この薬はたちまちお前の脈を止め、生きているしるしを消してしまう。仮死状態は四十二時間つづき、その後よみがえるのだ。よみがえったとき、お前はきっと晴れ着で、顔には覆いはなく棺に乗せられているだろう。先祖代々のキャピュレット家のものたちが眠る古い霊廟の中だ」

「はい」

一度聞いた説明だ。問題はない。

それより気になったのは……。

「ロミオは？」

「焦らずともそろそろ……おお、噂《うわさ》をすればやってきたではないか」

神父が扉に手をかけると、勢いよく富雄が飛び込んでくる。

「ふむ……似た者同士、相性はよさそうだの」

神父に笑われながら、二人だけの小さな小さな、二回目の結婚式が行われたのだった。

そして……。

「本番はここからだぞ」

「はい」

無事式を終えた二人。

神父の言う通り、ここから……つまり二人の死こそ、この作戦の本番だ。

「まず二人には手紙をこしらえてもらう」

「手紙を？」

「ああ、両家の主《あるじ》、父に向けての手紙だ。特にジュリエット、お主は父から望まれぬ結婚を強いられておる。想い人との結婚を果たし、添《そ》い遂げるためにこの手段を選んだと記す必要がある」

樹里も富雄も記憶にはなかったが、物語のロミオとジュリエットでは、ロミオが父に宛《あ》てた手紙が大公たちを納得させる重要なアイテムになっていた。

死の真相を語れるものがロレンス神父しかいなくなった状況で、唯一出てくる客観的情報がそれだったのだ。

「ロミオ。お主にはこのヴェローナにおける両家の確執を憂《うれ》う気持ちをしたためてもらう。これはモンタギュー家だけでなく、キャピュレット家も、そして大公でさえ納得させるものでなくてはならない。仇敵であるキャピュレットの霊廟の前で死ぬ決意がまさに、その思いをより強固なものとして皆に知らしめる」

神父の言う通り、キャピュレットの霊廟の前でモンタギューの一人息子が自ら死を選ぶという行為《こうい》は大きな大きな意味を持つのだ。

これが樹里が、樹里たちが考えた最善手。

物語ではマキューシオとティボルト、そしてパリスの死と、そこに至る不運ないきさつが説得の材料になっていた。

今回はただロミオとジュリエットが死ぬだけと言ってしまえばそれまでなのだ。そこをより説得力のあるものにしなければならない。

手紙の内容を考え、神父に教わりながら書き記しているうちにあたりは暗くなりつつあった。

「よかろう。これをお互い、信頼できる従者に渡せ。それが済んだらすぐにここにもどってくるのだ。じき日が暮れる。急げ」

「神父様に預けるだけじゃダメなんだな」

「私が事の顚末を説明せねばならん。その私から出てきたとて説得力に欠けるであろう。良いか？　ジュリエット。お主は結婚を控え、不安な気持ちを抱えていると話すのだ。何か不吉なものが降りかかってくる予感があると。きっと一笑に付されるであろうが、それでも手紙を渡せ。何かあったときに開けと、そして何もなければ決して開くなと。よいな？」

樹里が頷く。

「ロミオよ」

「わかってます。信頼できる従者もいますから」

「ならよかろう。済んだらすぐにここに戻ってくるのだぞ」

三人で目を見合わせ、頷き合う。

樹里と富雄はそれぞれ、手紙を手に街を走り出したのだった。

◇

樹里が家に戻ると、キャピュレットがあわただしく召使いたちに指示を飛ばしていた。

「ほお……どこをほっつき歩いておったのだ」

「ああお嬢様、懺悔からお戻りに」

結婚式の準備を進めていたことがわかる。

全く同じ流れ、この流れに乗って、樹里はもう一度同じことをすればいい。違うことは乳母に手紙を渡すくらいだ。

「お父様に背いた罪を悔い改め、こうしてお許しを請いたく。どうかお許しを。お父様の言いつけの通り動きます」

「そうかそうか。よし、すぐに伯爵様のところへ使いを！」

「ロレンス神父の庵でお目にかかりました。もうお伝えしております」

嘘だ。

　だが前回これで引き下がったキャピュレットを知っている樹里はあえて同じセリフを言った。

「ほほう、それはなにより。いいだろう立ちなさい。こうでなくては。さあ早く伯爵にお会いしたい。しかしティボルトのやつ、やるじゃあないか。それに神父様にも諭していただいたおかげか。まったく、身内が優れていることが分かったうえに、町には素晴らしい聖人がいることがわかった。なんていい日だ」

　上機嫌になったキャピュレット。前回讃《たた》えられた神父に加えてティボルトの功績も喜ばしいものとして受け止められているようだ。

　樹里は前回と同じように、乳母に声をかける。

「ばあや、一緒に木曜の衣装選びを手伝ってくれるかしら」

「あら、まだ時間はあるでしょう。もうすぐ日も暮れますし」

「いや、いいだろう」

「それじゃ準備が……」

「なに。私が駆けずり回るさ。問題なかろう！　今日は寝ずに動き回れるからな！　さあお前らも準備を進めて来い！　すっかり気が晴れたぞ！」

　全く同じ流れ。心の中でガッツポーズをしながら、樹里は乳母とともに自室に向かう。

部屋に入り、扉を閉めてすぐ、樹里はこう告げた。

「ばあや、お願いがあるの」

「はいはいなんでございましょう。ああそれにしても、お嬢様が心を入れ替えてくださるなんて！　そして衣装までご一緒に選べるなんて！　ああ本当に、長生きするものですね！」

テンションが高い乳母のセリフもあのときのまま。

前回で軽くわかっているとはいえ相変わらず準備はほとんど任せきりだ。

樹里は前回の記憶を呼び覚ます。この後は母がやってきて、二人が同時に部屋から消える。

そうなる前に乳母に手紙を渡さないといけない。

「お願いは二つ。一つはこれを」

「これは……？　あら私にお手紙ですか？」

「いいえ。これは……そうね、ばあやに向けてもいるけれど、もっとたくさん。私がここまで生きてきた中で感謝すべきすべての人へ」

「なるほどなるほど」

「ええ。それでねばあや。やっぱり私まだ結婚が不安なんです」

「あらあら。でもそういう気持ちも沸き起こるでしょう。あんな素敵な旦那様でも、夜にどうなるかは想像できないんですから！」

乳母のいつものジョークは無視することにして樹里は話を続ける。

「不吉な何かが私を包み込んで放さないような、そんな気持ちなの。だからばあや。その手紙は、私に何かあったときのためのもの」

「おや……」

「何かあったら開いて。何もなければ、そのまま持っていて」

「なるほど。大役でございますね。よいでしょう。ああお嬢様こちらの衣装もお似合いですよ！」

聞いているんだかいないんだか不安になる乳母の反応だが、時間もないのでそのまま託《たく》すことにしてもう一つの願いを口に出した。

「それからばあや、今夜は一人にしてほしいの。今日は懺悔をしてきたけれど、それでもまだたくさんお祈りをしておきたいから」

「なんと。殊勝なことで。わかりました。ああ、誰かいらっしゃいましたよ」

「入るわよ。忙しいかしら？　何か手伝うことは？」

「お母さま」

前回同様の流れに戻る。

「木曜の式に必要なものはすべて整いました。今日は一人にしてほしいとお話ししていたんです」

「あら」

「奥様！　お嬢様は今日は懺悔の続きだそうです！」

「なるほど。でもしっかり休むのよ？」

「ええ。お母さまも。ばあや、今日はお母さまの御用をお願い」

「かしこまりました。さあ奥様。素晴らしい日のために準備を！」

二人が部屋を出ていく。

目的は達成した。やるべきことはやったはずだ。

前回はこのままベッドで眠ればよかったが、今回はもう一仕事。

ただあとはもう、富雄とともに目覚めを待つだけになるはずだ。

「合流しなきゃ」

外はもう暗くなる。ばれないようこっそりと、だが急いで、樹里はロレンス神父の庵を目指したのだった。

◇

無事、俺に集まった三人は最後の確認を行う。

「二人が眠るように死んだのち、私は二人の遺体を預かる役目をもらおう」

この俺が安置所になる予定だ。だが最初からここで死ねば目撃者もおらず、神父にいらぬ疑いがかけられて終わるだけだ。

「墓で死ぬなら目撃者が必要。誰も見つけぬようなら手は回すが……」

最終段階でこうした細かい調整を済ませていく。

ロレンス神父はしっかりと、完璧《かんぺき》な作戦を立ててくれただろう。ロミオとジュリエットにとってみれば、最善で最適な回答。

だが樹里と富雄からすると、一点だけどうしてもぬぐいきれない不安があった。

「パリスをどうするか……」

「伯爵か？　確かに結婚を目前にしながら、他の男と添い遂げるために死なれたとあっては心中穏やかではなかろうが……」

問題はそこだけではない。

だが正直に転生のことを打ち明けたところで混乱させるだけであることは、二人ともわかっていた。

「パリスは神父様に予言をしましたよね？　何か不思議な力があると考えるのが自然です」

「だが、その予言に打ち勝って今がある」

「ええ。ですが例えば……今回のこの動きも、予言で察知しているとしたら……私たちの死後、何か良からぬことを企《たくら》んでいたら……そして何より、私たちが死んでも、両家の和睦がならぬよう動きを見せているとしたら……」

考えすぎかもしれない。

だが樹里と富雄にとってみれば、パリス――寺島満という存在はそれだけ警戒すべき人物だった。

「なるほど……じゃが、お主らが死んで、両家が和睦してからでは伯爵は動けぬな」

「ええ。だから……仕掛けてくるとすれば、今です」

「墓場で死ぬという情報を予言で手にしていたとすれば、あいつは必ず現れる……俺が勝てば話は終わるけれど……」

神父にわかる由もないが、一度相打ちに追い込まれた相手なのだ。

「勝てるの……？」

「勝つさ」

「ふむ。お主らの懸念《けねん》、よくわかった。ならば私も出来る限りの手を尽くそう」

そういって神父がふたたび棚を漁《あさ》り始める。

ロレンスは神父でもあるが、仮死の薬を自ら作り出せるほどの薬師《くすし》でもある。

「こうして神のもとで人と関《かか》わる仕事をしておるとよくわかる。お主らには不思議な力がある。そしてロミオよ。今のお前にはあふれ出る決意と、成し遂げるだけの力がある。私が余計なことをしてそれを狂わせはせんよう気を払うが、もしものときは何とかしてやろう」

樹里や富雄からするとわからないものが混ざっているが、それでも神父が取り出した道具の一式が治療《ちりょう》のためのものであることはわかった。

それだけで少しだけ心が軽くなるような、そんな安心感がある。

「行くぞ」

何事もなければそれが一番いい。

だが何事もなく終わるとは思えない胸騒ぎが、樹里の中に渦巻《うずま》いていた。

第五章　決戦

「来たか……」

キャピュレット家の霊廟《れいびょう》の前。

あの時富雄がパリスと対峙《たいじ》したあの場所で、やはりパリスは待っていた。

そこまでは想定していた。だが一緒にいた人物までは、富雄も樹里も予想できなかった。

「マキューシオ⁉　ティボルト！」

「そんな……ティボルト……？」

樹里の血の気が引いていく。

予言でも何でもない。パリスにこの場所がバレたのは自分のせいだ。ティボルトにそれを伝えたばかりに起きたことだった。

ティボルトの手には縄が、そしてその縄の先には縛り付けられたマキューシオがいた。

「悪いなジュリエット……俺《おれ》はもともと伯爵様のために動くつもりでいたんだ」

ティボルトがぐっと縄を引っ張るとマキューシオが苦しそうにうめき声をあげる。口も縛られていてマキューシオは声が出せずにいた。

「おお、これは……パリス殿、いったいどういうおつもりで？」

「神父様。なに、特に難しいことじゃありませんよ。私の妻を奪った男を殺して、私を裏切ったあなたの口も塞《ふさ》ぐ。それだけですべてが終わるんですから」

「なっ……」

確かにパリスからすれば、ロレンス神父の行動は裏切りにほかならない。パリスはもうすでにジュリエットとの結婚を提案していたにもかかわらず、ロミオとジュリエットの方に乗ったのだから。

「本人らの意思もあった。神の思《おぼ》し召しもあった。そして今、お主につかなんで良かったという確信が持てた」

「そうか。だが俺にはもう関係がない。こんな墓の前で騒いだところで誰《だれ》も来ない。ジュリエットもどうでもいい。金と地位さえあれば、お前くらいの見た目の女、どうとでもなる。ロミオ、お前を動けなくした後、目の前でジュリエットも口封じさせてもらう」

「パリス……！」

「おっと、迂闊《うかつ》な真似《まね》をすればお前の友人が死ぬぞ？　こいつは目も耳も塞《ふさ》いだ。何も知らない。お前が大人しくしていればこいつは助かるんだ。いいのか？　またお前のせいで死んでも」

パリスが残忍な笑みを浮かべる。

なす術《すべ》がない。

いくら何でも、ここまで状況が悪いとは考えていなかったのだ。

「ごめん樹里……俺がちゃんと話を出来てなかったから……」

富雄は富雄なりに責任を感じていた。

ティボルトの裏切りは、自分が防がなければいけなかったと。

だが樹里も謝りたい気持ちでいっぱいだった。

「ううん……ごめんなさい。ティボルトに……パリスにこの場所がバレたのは私のせいで……」

気が動転する。何が悪かったのか必死に考える。

「大丈夫だから」

そう言うと富雄は優しく樹里の頭を撫《な》でて前に進んでいく。

「パリス、いや満」

疑問符を浮かべる神父やティボルト。そして驚きの表情で富雄を見つめるパリス——寺島満。

「決着をつけよう。お前はこんな形で終わって満足か？　お前がその剣をぶつける相手は金輪際《こんりんざい》いなくなる。お前が思い出話を語る相手も、金輪際いなくなる。これが最後なんだろう？　誰もいなくなるこの世界に取り残されるお前は、ここで人質を使って終わらせれば永遠に俺に勝てずに終わるぞ！」

「何を……」

「来いよ。勝てるつもりがあるなら相手してやる。どうしても勝てないというならそのまま人質に頼ればいい」

「そんな口車に……」

「そうか……ならお前のこの卑怯《ひきょう》な振る舞いは、一生残るんだろうな。だってこの世界は『ロミオとジュリエット』なんだ。物語は書き換えられ、パリスは卑怯者でしたが金と名声は得ました、と語り継がれる。お前の母親は、そんな『ロミオとジュリエット』を読んで、どう思うだろうな！」

富雄は思い出していた。己の継母《ままはは》の旧姓を。そして、彼女が愛していた作品を。

「貴様ぁあああああ！」

それに加え、満にとってロミオとジュリエットの物語は特別な意味を持つ。最後に見た景色、死ぬ前に感じた、唯一の母とのつながりだった。

挑発に乗った満が富雄に向かって剣を振り被《かぶ》り突進してくる。

悠然と構えた富雄は、振り下ろされたパリスの剣を弾《はじ》き反転、袈裟懸《けさが》けに斬《き》りつける。

なんとか鍔《つば》迫《ぜ》り合いに持ち込んだ満だが、富雄の力に、そして圧に押し込まれていく。

「お前が……お前さえいなければ俺は……！」

「またそれか……そんなこと言ったって、俺は俺で、お前はお前なのは一生変えられない！」

「うるさい！」

ガチンと鈍い音が鳴り、二人の距離がまた離れる。

「俺の人生が変わったのはお前に負けた日からだ！　あの日から母さんは俺を誉《ほ》めなくなった！　気づけば俺は一人になって！　一人で死んだ！」

斬りかかってくる満をいなしながら富雄も応《こた》える。

「ならお前はまたここで一人で死ぬことになるぞ！」

「いいや！　お前を殺せばすべて奪われた俺の心は満たされる！」

「そこまで……」

満の飢《う》えも、想像は出来る。だが、彼に比べれば恵まれている自分に、本当の意味で理解はできないのだろう。それでも。

「それでも俺は、お前に負けるわけにいかない！」

富雄が決着をつけようとしたそのときだった。

「やれ！　ティボルト！」

突如、パリスが叫ぶ。

しまったと思った時にはもう手遅れだった。ティボルトの手には剣が握られ、勢いよくマキューシオに振り下ろされる。

「やめろ！」

富雄が必死に間に入ろうと走り出す。

その隙《すき》を、満は見逃さない。

「くっ……ふはは！　死ね！　富雄！　お前を殺して俺は――？」

何が起きたか理解できず、間抜けな声を漏らすパリス。

理解が追いつかないのは富雄も同じだった。

「なんで……？」

走り出した富雄に向けて突き出された剣を受け止めたのは、マキューシオに剣を向けていたはずのティボルトだった。

「ティボルト……⁉」

「ようやく隙が出来た。大丈夫、マキューシオも動ける」

「お前……どうして……」

「邪魔を！　するなぁあああああ！」

パリスが激しく、ティボルトを打ち付ける。

一撃一撃をかわし切れず、細かい傷が増えていくティボルト。

だが冷静に、淡々と、ティボルトはこう言った。

「なに。新たな友人のためと、可愛《かわい》い従妹《いもうと》のためと思えば、こんな命は安いもんだ。それになロミオ」

パリスの激しい剣を受けながらだというのに、真っすぐロミオを見て、ティボルトはこう言った。

「お前が言った与太話につき合うようで癪《しゃく》だが、俺は、お前が命の恩人のように感じられて仕方ないんだ。だから、後悔はない」

鋭く突かれたパリスの剣が、ティボルトの身体《からだ》を捕らえる。

「死ね！」

だが……。

「俺も混ぜろよ」

「ダメだ！　下がれマキューシオ！」

ティボルトが叫ぶも、マキューシオは反応することが出来ない。

「かはっ……」

「なっ⁉　おいマキューシオ！　何余計なこと……あのまま放っておけば、俺が刺されただけだっただろ⁉」

「はぁ……はぁ……ああ！　いいんだよ！　こんなくだらない喧嘩《けんか》続けるなら、どっちの家も、キャピュレットも、モンタギューもくたばっちまえってんだ。それが嫌なら、どうにかしろ、ロミオ！」

それだけ言うとマキューシオがぐったりと倒れ込む。

富雄はその光景をみて、前回自分のせいで死んだマキューシオのことを思い出していた。

自分がやらなければ、またマキューシオを、いやもっと多くの人を殺すことになる。

「ティボルト、マキューシオを神父様のもとに」

「え？　ああ……それは……」

「頼んだ！」

目の前で人が刺されたという恐怖。

目の前でまた悲劇が起こったという怒り。

あらゆる感情がごちゃごちゃになりながら、ロミオがパリスに向かっていく。

「そう来なくちゃなぁ！　お前は俺が……殺す！」

身体は硬くなり、心は平静を保てない。

実力が拮抗《きっこう》しているパリスとの戦いにおいて、それは致命的な症状と言えた。

そんなこと、富雄自身が一番よくわかっていたが、それでもここで引くわけにはいかない。

その様子をずっとそばで見ていた樹里が、突然叫んだ。

「富雄！」

たったそれだけ。

名前を呼んだだけ。

それだけで……。

「ああ、もう大丈夫」

富雄の心を支配していた不安が消える。

俺は俺だ。富雄であり、ロミオ。名前を捨てても捨てなくても、変わらない。

力みがなくなり、いつもの調子を取り戻した富雄。

「満……これで最後だ」

「ああ、かかってこい！」

前回不覚を取った理由は明らかだった。

満と富雄は両者ともに、現代の剣術を使いこなす。相手もそうなら必然的に動きが予測できると、油断した結果だ。

満はパリスとして転生してからしばらく、こちらの剣術も学んできたのだ。

不意に織り交ぜられたことで相打ちになったが……。

「もう誰も、死なせない」

富雄のプレッシャーに半歩下がった満。その瞬間、富雄が真っすぐ、飛ぶように剣を突き出した。敢《あ》えて富雄が、こちらの剣技を使ったのだ。

のど元に真っすぐ伸びてくる突きに慌てて剣を出すが、それも富雄の想定通り。富雄の突きは止まらない。だがのど元を捕らえることはなく、弾かれた剣がそのまま腕に突き刺さった。

「ぐあぁあああああ」

パリスの手から剣が落ち、カランと乾いた音が鳴った。

腕を押さえて立ち上がるパリスだが、もはや誰の目にも勝負の行方《ゆくえ》は明らかだ。

だがそれでも……。

「まだだ！　まだだ！　俺はお前を……お前を殺して……！」

血走った目で富雄に飛びかかろうとするパリスを、いや満を止めたのは、樹里だった。

「殺しても、お母さんは戻ってこないでしょ」

「え？」

優しく、そして厳しく、樹里の言葉が満に刺さる。

「やっと思い出したわ。寺島……富雄の新しいお母さんの旧姓。そして育児放棄《ほうき》で死んだ小学生のニュースも」

「——っ⁉」

「どうしてこうも富雄に執着していたかようやくわかった。富雄に負けてすべてを奪われたと言ったけれど、貴方《あなた》が奪われたのは、奪われて一番心に響いたのは、お母さんでしょう？」

ゆっくりと、さきほどまで命の奪い合いが起きていた場所に、何の武器も持たない樹里が歩みだしてくる。

「く、来るな！」

利《き》き腕が使えないパリスがそれでもなんとか剣を手にして、でたらめに振り回す。

だが意に介さず、じわじわ樹里は歩み寄っていった。

「く、来るな！　斬るぞ！　お前を！　お前も殺――」

「大丈夫だから」

でたらめに振り回していた剣に触れるほどの距離まで来ても、樹里は止まらない。

刃先が樹里の腕をかすめて血が流れる。

「樹里！」

「大丈夫」

富雄の制止も聞かず、樹里はそれでも前に歩み寄って……。

「貴方が求めたものは、この世界ならまだ手に入る。思い出して……」

そっとパリスを抱きしめた。

「あなたのお母さんは、ずっと、あなたのことを気にしてた。私に富雄の手紙をくれた時、こう言っていたもの。『二人も大事な息子を亡くした』って。泣いていたわ。『どちらも、いい子だったのに、私が弱かったせいで』って」

「そんな、そんな……」

パリス──満が腕を垂らし、泣き叫ぶ。

怪我《けが》をして、涙で顔を腫《は》らすだけのその姿は、まるで子どものよう。そしてそれを包み込む樹里の姿は……。

「聖母のようだ。流石《さすが》、俺の従妹《いもうと》」

「いい嫁さん捕まえたじゃねえか」

感動するティボルトの横で、マキューシオがロミオをこづく。

「お前、死んでなかったか」

「死んでいられるか。これから大事な友人の結婚を祝わなきゃなんねえのに」

「これこれ、動くでない。まったく……死んでおらんのが不思議なほどの傷だ。本当にここに治療のための道具を持ってきておいてよかった」

和《なご》やかな会話が始まるくらいには、今の樹里には安心感がある。

「俺は……俺は……ぁあああああああ！」

力なく剣を落とし、パリスは、満は、そのまま大声で泣きだしたのだった。

◇

「英霊を祀《まつ》る霊廟の前で不届きな騒ぎがあると聞いてやってきたら、驚いた。わが身内に加えモンタギューの一人息子ロミオに、キャピュレットの一人娘ジュリエット。さらには神父殿まで……どういうことかご説明願えるかな？」

「ええ。ご説明いたしましょう」

騒ぎを聞きつけて姿を現したのは、大公エスカラス。それに加えて……。

「おお、ジュリエット。怪我《けが》をしているじゃないか。誰にやられた！　まさかあのモンタギューの……」

キャピュレット夫妻。

「ロミオ。お前は一体……」

そしてモンタギュー夫妻。

ここからは富雄も樹里も見られなかった、物語の最後だ。

本来であればこのシーンでの死者は、マキューシオ、ティボルト、パリス、ロミオ、ジュリエット、そして息子の追放を知らされ悲しみの内に死んだロミオの母・モンタギュー夫人と六名にも上っていた。

だが今回は、誰も死なせずにここまで来た。

本来であればこの現場にたどり着いたときには、誰もが身内の死に混乱し、非難し合い、嘆《なげ》き合っていたはずだ。

だが今は、ただただ混乱が場を支配している。

「ふむ。事の原因、発端《ほったん》を確かめる必要がある。神父殿」

「手短に申し上げたいと思います。長々としゃべる老人は嫌われますからな。まずここにいる若い五人はみな、よき友人と相成りました」

「なんだと」

「ふざけているのか⁉」

「いえ……ご本人たちの目をごらんなさい。そこに確かな絆《きずな》が見えるでしょう」

モンタギュー夫妻も、キャピュレット夫妻も、そして大公も、遅れてやってきたベンヴォーリオも、みな目を合わせ合い、ロレンス神父の言葉を理解した。

「まさか……」

「ことの顚末《てんまつ》は二人の若い男女が惹《ひ》かれ合ったところから。そこに立つロミオは、ジュリエットの夫。そこに座り伯爵を慰《なぐさ》めるジュリエットは、ロミオ一途の妻。私が二人を娶《めと》らせ、ひそかな婚礼を昨日、執《と》り行いました」

「うちの娘が！　パリス殿との結婚はどうするのだ⁉」

「それが二人を引き離し、悲劇の連鎖に誘い込む入り口でした。二人は密《ひそ》かに結婚したのち、私にこう言ったのです。ともに死にたいと」

「なんだと⁉」

「生きていては幸せは望めぬと。あなた方はジュリエットのためと、パリス伯爵との婚礼を強いて結婚させようとしたが、ジュリエットはすぐに私の庵を訪れて半狂乱になりながらこの重婚から逃れる術が知りたい、なければこの場で自殺すると迫ったのです」

「そんな……」

「ロミオも同じく。妻の悲しみにつき合うと二人は私に迫った。私はそこで一計を講じることにしたのですが、その前にこの事件が起きた。パリス伯爵にはどうやら未来を見る力がある」

「未来を……？」

「数日前、私のもとを訪れたパリス殿はこう言ったのです。別の女に熱を上げているはずのロミオが突然、仇敵《きゅうてき》キャピュレット家の一人娘との結婚を希望すると。はじめはまるで信じられない戯言《ざれごと》のようでしたが、翌日にはその予言は実際のものになった。私ははじめ、このパリス殿の力を信じ、手を貸すつもりだったのです」

「力を貸す……ならばなぜパリス殿でなく、ロミオと結婚させたのだ」

「二人が予言を打ち破ったからでございます。パリス殿の次の予言では、そこにいるマキューシオとティボルトは死に、さらに多くの被害をもたらすと。ロミオに決闘を仕掛けたティボルトはマキューシオを殺し、それに怒ったロミオがティボルトを殺すという予言。決闘状はモンタギュー殿、届いておられましたな?」

「あ、ああ……確かにそこのティボルトから私に、ロミオへの決闘を申し込む書状が届いておった」

「なんと……ティボルト……」

「本来であればパリス殿の予言通り、凄惨《せいさん》な状況が予想された。だが二人は機転を利かせ私にこう言ったのです。自分たちに任せてくれれば、惨劇を回避するどころか両家の和睦《わぼく》のきっかけを作ると。実際に二人の機転はすべての人を救った。予言から二人の命が守られ、そして二人は、こうしてここで、ロミオとジュリエットを助ける二人になった」

　順序だてて説明していくロレンスを皆が静かに見守る。

　大公も続きを促した。

「私はロミオとジュリエットという若い二人に期待した。この町を巻き込む名家ふたつのいさかいをなくせるであろうと。すぐに二人の婚礼を認め、そして二人の死をもって両家の和睦を狙《ねら》いました」

「そんなっ⁉」

「あなたは神につかえながら、私たちの子どもの命を奪おうと……⁉」

「そうなればお二人も、手を取り合う未来が見えたでしょう？」

　そう言われて初めて、モンタギューとキャピュレット、二人の視線が合う。

　今の二人は確かに、同じ気持ちで、同じ考えでロレンスに迫っていた。

「これが今回、この後使うはずだった毒薬。飲めばたちまち脈がとまり、身体は冷たく、すっかり死人のように眠る。そして四十二時間が経《た》つと目覚める、仮死の薬です」

「そんなものが……」

「若い二人が命を賭《と》してなそうとした両家の和睦。これを受け入れぬほど狭量ではあ

ります まい」

「ああ、それは……」

「私とて、子どもの命に勝《まさ》るものなどない」

すっかり毒気を抜かれた二人。

そんな様子を両夫人もどこかうれしそうに眺める。

「ふむ。だがパリスはどう説明する」

「パリス、ロミオ、ジュリエットの間には、私にもあずかり知らぬ深い深い因縁がございました」

「まさか……三人に接点など……」

「だから、私もあずかり知らぬと。パリス殿は予言の力もあった。ロミオもパリスも、見たことのない剣術を使う。これは私からは説明がききませぬ」

当事者の三人も説明が難しいことは同じだった。

ロレンス神父はそれを見越してか、続きのセリフも用意していたらしい。

「ですが、パリスの持つ深い悲しみ、憎しみを、ロミオはその勇気と強さで打ち破り、ジュリエットはやさしさと、そして同じく強さをもって包み込んだ。今や三人の間にわだかまりは何もない。ここに罪に問われるものがあるとすれば、子どもたちを使って一計を案じたこの老い先短い命だけでしょう。厳しい法に照らし合わせ、寿命《じゅみょう》より先にお召しくださってもかまいませぬ」

「お前のことは徳高い神父であると信じている。すべてを飲み込むには時間が必要だろうが……とかく……」

大公エスカラスがゆっくり周囲を見渡す。

「若い二人に祝福を。そしてこの町が誇る名家二つが手を取り合ったという偉大な功績をここにいるすべての者と称《たた》えよう」

ほっと息をつくロレンスを見て、ようやく富雄も樹里も、肩の力を抜いたのだった。

「おお、モンタギュー殿。私はとんでもない過《あやま》ちに足を踏み入れていた。どうか兄弟として手を取り合うことをお許しください。娘へのご結納に、私のすべてを」

「すべてなどいただけません。この美しい愛と勇気の物語に心を打たれたのは私も同じ。どうかお手を。忠実貞節なジュリエットこそ称えられるべきです。娘さんの像を立てさせていただきたい」

「ならば私は婿殿の像を……」

「ふむ……どうやら少しばかり頭を冷やし、赦《ゆる》すべきもの、罰すべきものを整理する必要はあるだろうが、こうも穏やかな朝はいつぶりだろうか。ああ、素晴らしい朝がやってくる」

各々がそれぞれになにかを感じ取り、物語はようやく、ハッピーエンドを迎えたのだった。

エピローグ

「おい、主役がこんなところに来てどうする」

「あれから全然話も出来てなかったんだ。いいだろ」

　結婚式はすでに執り行われていた二人だが、祝いたい気持ちを持つものは町中にいた。争いの絶えない両家に手を取らせ合った功績を誰《だれ》もが喜んだのだ。

　そしてそんな祝いの席で、主役であるはずのロミオ——富雄と、本来目立つ場所に座るべき伯爵であるパリス——満が、誰の目にもとまらぬほど隅《すみ》で二人、顔を合わせていた。

「傷口は？」

「綺麗《きれい》なもんだ。お前の鋭すぎる突きはそう人体を痛めつけないらしい」

「ならよかった」

「刺しておいてよかったもなかなかだな」

「死なずに済んだんだ。二人とも、一回目と違ってな」

静かに、グラスを傾けながらロミオが言う。

「ああ……」

応《こた》えるようにパリスがグラスを傾ける。

乾杯《かん》もない。目も合わせない。それでも何かが通じあった二人は、それっきり言葉を交わさずに飲み物がなくなるまで一緒にいた。

「呼ばれてるぞ、主役」

「ああ」

手招きするマキューシオのもとに向かうロミオは……。

「何してんだ、行くぞ」

「は？」

「お前はあいつらとも話をする義務がある。とっとと行くぞ」

「おい……くそっ！　こっちは怪我人《けがにん》なんだぞ⁉　もう少し丁寧《ていねい》に……あーもう！」

強引にパリスを起こして連れていくロミオ。

「今度は一人にしねぇよ」

樹里に言われた言葉が富雄の中には残っている。

樹里の言葉にはいつもハッとさせられるなんてことを考えながら、富雄は歩く。満がゆがんだのは親の愛が受けられなかったからだが、愛を与えるのは別に親でなくてもよかったはずだと。

一人になって、誰にも救われずに死んでいった満を一人にしないこと。これが樹里があの後富雄に提案した、この世界で生き残っていくために出来ることだった。

「やーっときやがった！　主役が隅で小さくなってんじゃねえよ！　ほら！」

「もう食べられないから」

「いや、食べるんだロミオ」

「あれ、ベンヴォーリオなんか怒ってるか……？」

「経緯上仕方なかったのは理解できる。理解はできるが、納得はしてないからな」

ベンヴォーリオもベンヴォーリオなりに複雑な思いを抱えているようだった。

ロミオが選んでそうなったわけではないとはいえ、親しい仲で唯一あの場にいられなかったことはしばらく根に持つかもしれない。

「まあいいだろ、お前も祝えよ」

「それはまぁ、祝うけど……にしてもあの日そそのかして舞踏会に引っ張り込んだのが、こういう結果になるとはな」

「つまり俺《おれ》たちのおかげってことか！」

調子に乗るマキューシオの後ろからティボルトがやってくる。

「馬鹿を言うな。それが原因で俺は侮辱されたと思い込んで、俺とお前は殺し合う可能性すらあったんだぞ」

「それはお前が何も考えずに決闘なんて挑んだからだろ」

「お前……」

口調こそ一触即発だが、その表情はお互い柔らかいものだった。

それに……。

「男だけで盛り上がらないで。というより主役が私のそばを離れないで」

「すみません……」

この場に樹里に勝てる人間はいなかった。

あの日、一番の強さを見せたのは樹里だった。それが彼らの共通見解だ。

「行くよ」

「ああ」

樹里が手を取って、富雄とともにメインテーブルに戻ってくる。

両家の人間が仲良く談笑しながら二人を出迎える。その様子だけでも満たされるものがあったが……。

「樹里」

「どうしたの？」

「ずっと好きだった」

「――!?」

ストレートな、そして一度読んだ記憶のある言葉だった。

「あの時聞けなかった返事をもらおうかと思って」

なんとなく、これから何度もこんなやり取りをやらされそうな気もする樹里は若干不服そうに、でもそれ以上にうれしそうに、富雄に告げる。

「私も、ずっと好きだった」

元の世界では望めなかったであろう幸せを噛《か》み締める。

いや、ここまでやってしまった今、樹里の中には一つの確信があった。元の世界でも、二人で幸せになる方法はあっただろうと。私は、どこにいたって私なのだ。

それでも今摑《つか》んだ幸せを逃すつもりなどまったくなかった。

「ところで俺たちこれからどうするのかな」

富雄が言った。

「どうって？」

「だってほら。本当なら死んで終わるはずだけど、生きてるだろ？」

それは考えていなかった。

樹里も思う。

生きているということは生活するということだ。死んだ結末をひっくり返したからには続きがあるということだ。

「逃げちゃう？」

「お金をどうしよう」

「しばらくはあるけどな。家から持ってきたから」

富雄は一応考えたらしい。

「逃げるからには、このへんだとまずいわよね」

樹里は考える。

このままでは両家から追われて殺されかねない。

「他の国に行こう」

「どこに？　フランス？」

「そんな遠くじゃなくていいよ。ヴェネツィアなんかどうかな」

「同じイタリアじゃない」

「今は独立国だよ。イタリアになるのはもっと先だ」

富雄がそんなことを知っているのに驚きつつ、そうなるとちょうどいいかもしれない。

「どうせならカーニヴァルに行こう。顔も隠せるし」

「いまは時期なの？」

「いつもやってるらしいよ」

「じゃあそうしましょう」

とりあえず逃げるのはいい考えだ。新婚旅行みたいで楽しくもある。

こうして、死ななかった樹里はヴェネチアに新婚旅行に行くことにしたのであった。

本書はハルキ文庫の書き下ろし作品です。

す 7-1

転生《てんせい》ロミオとジュリエット

著者 すかいふぁーむ

2022年4月28日第一刷発行

発行者 角川春樹

発行所 株式会社角川春樹事務所
〒102-0074 東京都千代田区九段南2-1-30イタリア文化会館
電話 03(3263)5247(編集)
03(3263)5881(営業)

印刷・製本 中央精版印刷株式会社

フォーマットデザイン bookwall

ISBN978-4-7584-4479-8 ©2022 Skyfarm Printed in Japan

http://www.kadokawaharuki.co.jp/[営業]
fanmail@kadokawaharuki.co.jp[編集] ご意見・ご感想をお寄せください。